Der ungewöhnliche Reisende

Erzählungen

Landry Miñana

Umschlag und Layout:
Landry Miñana

ISBN: 978-2-3222-5828-4

Verlag:
BoD-Books on Demand
12/14 rond point des Champs Élysées, 75008 Paris, France

Druck:
BoD-Books on Demand, Norderstedt, Allemagne

Dépôt légal : November 2020

© 2020 Landry Miñana

Übersetzt aus dem Französischen von

Anne-Katrin Nowak

*
* *

Ein großes Dankeschön an

Norbert, Beate und Marion

für ihre Freundschaft,
den wertvollen Gedankenaustausch
und ihre Geduld beim Korrekturlesen
… denn jeder weiß,
dass der Teufel im Detail steckt.

~ 1 ~

Der Traumzerstörer

„Der Phantasie und den Träumen ist gemeinsam, dass ihnen etwas Magisches innewohnt. Und es bedarf so weniger Dinge, um ein märchenhaftes Universum zu erschaffen, das allen Menschen gehört. Jeder Traum ist ein Teil der Seele und jede Seele braucht Träume. Die Zerstörung eines Traums ist daher so, als ob ein Stück aus der Seele herausgerissen wird."

Dies war das Aufsatzthema des heutigen Tages, und es hatte den Anschein, dass es nicht viele gab, die wussten, wie sie diese Aufgabe lösen sollten. Eine Stille wie auf einem Friedhof lag über den kleinen Engeln samt ihren Heiligenscheinen, sehr zum Missfallen des Lehrers, denn die Benotung des Aufsatzes zählte für das Abschlussexamen. Am Ende einer Zeitspanne, die wie eine Ewigkeit erschien, hielt es der Schulrektor für angebracht, die Aufgabe etwas mehr zu präzisieren und von seinen eigenen Erfahrungen zu berichten. Bisher hatte keiner der Engel die Gelegenheit gehabt, zu diesem Thema praktische Erfahrungen zu sammeln. So nahm der kleine *Luzifer* all seinen Mut zusammen, um sich zu melden und den Lehrer darauf aufmerksam zu machen. Und es trat genau das ein, was er insgeheim befürchtet hatte! Der Schulrektor überlegte im Anschluss an diesen Einwand ein paar Augenblicke, dann ordnete er eine praktische Übung bei den Menschen an. Seit jeher bestehen diese Übungen darin, die kleinen Engel irgendwohin auf die Erde zu schicken, wo sie in sehr unterschiedlicher Gestalt bei einer Familie erscheinen. *Luzifer* verabscheute dies! Es konnte passieren, dass er die Form eines Mannes oder einer Frau annehmen musste, eines Jungen, eines Mädchens oder eines Kleinkinds, ja selbst die eines Tiers. Er hatte keine Wahl! Er konnte noch nicht einmal den Ort seiner Mission wählen... Allein der Lehrer bestimmte den Ort und die Erscheinungsform. Wie gerne hätte *Luzifer* sein Äußeres und das Ziel selbst gewählt. Er wäre besser vorbereitet und damit wesentlich wirkungsvoller. Aber nein, es sollte wie immer ganz anders kommen. Inmitten eines aufgeregten Stimmengewirrs stellten sich die kleinen Engel in einer Reihe auf und durchschritten einer nach dem anderen das große Eingangsportal. Nach jedem einzelnen Durchgang notierte der Wächter den Zielort des Schülers in seinem großen Buch, während er etwas zwischen seinen Zähnen hindurch murmelte, was vermutlich den betreffenden Engel über sein neues Erscheinungsbild und sein Reiseziel informieren sollte, bevor sich der Schüler dann im Nichts auflöste. Das Schwierige hieran war, dass der betagte Wächter nur Alt-Aramäisch konnte und diese Sprache seit mehr als 3000 Jahren so gut wie nicht mehr gesprochen, geschweige denn unterrichtet wurde. Aus diesem Grund verstand grundsätzlich niemand etwas von dem, was der Wächter sagte. Und umgekehrt wusste keiner wirklich, ob dieser selbst etwas von dem verstand, was man ihn fragte. Als *Luzifer* nun an die Reihe kam, schloss er ganz fest die Augen und nahm sich vor, sie bis zur Ankunft auf der Erde nicht mehr zu öffnen.

Doch nach Ablauf einiger Minuten hörte er plötzlich eine kleine zarte Stimme, die ihm etwas ins Ohr flüsterte. Er war sich sicher, dass es sich wieder einmal um einen Schabernack einer seiner Klassenkameraden handelte, daher rührte sich *Luzifer* nicht von der Stelle. Die kleine Stimme ertönte nochmals und diesmal verstand der Engel, dass er gefragt wurde, ob er Zucker in seinen Tee wünsche!

»Tee? Was ist das?«, fragte er sich.

Seine Neugier siegte, und so öffnete er erst das eine und dann das andere Auge. Ein blendender Lichtschein hinderte ihn zunächst daran, zu erkennen, wo er sich befand. Doch ohne Zweifel: Er war noch im Himmel. Nach und nach gewöhnten sich seine Augen an die Helligkeit und er verstand, dass er sich in einem Haus befand, inmitten eines Zimmers, das vermutlich das Wohn- oder Esszimmer sein musste. Etwas weiter entfernt unterhielt sich, versammelt um einen großen Tisch, eine Gruppe von Menschen, die etwas Heißes tranken, das der kleine *Luzifer* nicht kannte. Der Duft jedoch kitzelte angenehm in seinen Nasenflügeln. Die zarte Stimme ertönte erneut, und diesmal wollte *Luzifer* wissen, wer zu ihm sprach. Neben ihm befand sich ein kleines Mädchen mit goldfarbenen Locken, das ihn mit seinen großen grünen Augen anlächelte und ihm freundlich einen kleinen Teller reichte, auf dem sich braune Zuckerstücke befanden. Der kleine Engel hatte etwas Derartiges niemals vorher gesehen oder gar gekostet; daher beschloss er, vorsichtig zu sein, und so lehnte er das Angebot höflich ab. Das kleine Mädchen blieb zwar freundlich, aber auch hartnäckig, so dass *Luzifer* schließlich ein Stück Zucker nahm und es in den Mund steckte. Der Geschmack, der sich dabei entfaltete, entzückte ihn derart, dass er augenblicklich ein weiteres Stück nehmen wollte, doch da hob ihn plötzlich eine große Gestalt hoch, nahm ihn in die Arme und wischte ihm den Mund ab. Nun ja, er hatte es nicht sofort bemerkt, aber es schien, dass auch er ein kleines Mädchen von höchstens fünf oder sechs Jahren war. Dies wurde ihm gewiss, als er sich in einem Spiegel, der sich in dem Zimmer befand, erblickte. Der Lehrer hätte ihm zumindest das Aussehen eines kleinen Jungen geben können. *Luzifer* hatte absolut nichts gegen Mädchen, aber er hasste das, was sie tragen mussten – Kleider! Wie grauenhaft! Er fand sie absolut unpraktisch und darüber hinaus sehr unbequem. Sie wehen nach oben, wenn sie es nicht sollen, es ist unmöglich, darin zu laufen, sie sind zu kurz oder viel zu lang, was dazu führt, dass man ständig auf sie tritt... ganz zu schweigen von den Dummheiten, die die Jungen sich damit einfallen lassen.

Er betrachtete die Einrichtung des Hauses etwas näher und stellte fest, dass er sich wohl im XX. Jahrhundert befinden müsse, was ihn zumindest etwas beruhigte. Sein letzter Ausflug zu den Menschen mitten hinein ins dunkelste Mittelalter hatte bei ihm nämlich einen bitteren Nachgeschmack hinterlassen. Einmal hatte sich der alte Wächter sogar vertan und einen Engel zu den Dinosauriern geschickt, weit bevor Menschen auf der Erde überhaupt existierten. Daher war das XX. Jahrhundert nun perfekt für ihn!

Die große Gestalt setzte *Luzifer* wieder neben seiner kleinen Freundin ab und kehrte zu den anderen Erwachsenen an den Tisch zurück.

Das Mädchen hatte inzwischen eine kleine Mahlzeit vorbereitet und imitierte dabei die Großen. Auf einen winzigen Tisch hatte sie drei kleine Tassen und in die Mitte einen Pappteller mit einigen Keksen gestellt. Eine wunderschöne Puppe mit langen schwarzen Haaren richtete ihre riesigen blauen Augen auf den Teller mit den Plätzchen. Das Kleid, das sie trug, hätte den gesamten Adel des alten Europas vor Neid erblassen lassen. Nicht weit entfernt davon lagen auf dem Boden verstreut Reste von Geschenkpapier, die verrieten, dass die Puppe dem Mädchen wohl an diesem Tag geschenkt worden war.

Luzifer amüsierte sich sehr darüber, wie die Kleine sich als Hausherrin aufführte, die Kekse verteilte und sich mit ihrer Puppe unterhielt. Er bekam Lust, mitzuspielen und begann, sich an der Unterhaltung zu beteiligen. Während es die Kekse verteilte, erzählte das kleine Mädchen von ihrem Treffen mit dem Prinzen und dass dieser sie sicherlich zum Ball der Königin mitnehmen und mit ihr tanzen werde. Ihre Gesellschaftsdame, die Puppe mit den schwarzen Haaren, werde bestimmt von dem Großherzog, einem extrem gut aussehenden Mann, zum Tanz aufgefordert werden.

Während das kleine Mädchen seine Geschichten von Bällen und Prinzessinnen erzählte, spürte *Luzifer*, wie er langsam in ein anderes Universum hinüberglitt. Nach und nach fand er sich in einem lichtdurchfluteten riesigen Saal mit einer prächtigen Einrichtung wieder. Der gesamte Raum war erfüllt von fröhlich spielender Musik, die augenblicklich eine unbändige Lust zu tanzen hervorrief. Eine wogende Menge prächtig gekleideter junger Menschen, allesamt von großer Schönheit, wirbelte zum Takt der Musik wie entfesselt herum oder sie unterhielten sich angeregt am Rande der Tanzfläche. Mit ziemlicher Sicherheit befanden sie sich gerade in einem der sagenumwobenen Schlösser, von denen seine kleine Freundin eben noch gesprochen hatte. In der Mitte des Saals stand ein Thron, doch dieser war leer. Zweifelsohne konnte sich „Ihre Majestät" noch nicht von ihren Verpflichtungen befreien, flüsterte ihm seine neben ihm befindliche kleine Begleiterin zu. Sie hatte sich verändert, war nunmehr von größerer Statur und trug ein festliches Kleid. An ihrem Arm untergehakt befand sich eine wunderschöne junge Frau mit langen schwarzen Haaren und tiefblauen Augen, die ihn so unverwandt ansahen, dass sein Innerstes tief berührt wurde. Im nächsten Moment zog die junge Frau sie mit sich fort und führte sie in einen behaglichen kleinen Nebenraum hinein, dessen Wände mit purpurfarbenem Samt versehen waren. Dort setzten sie sich alle drei an einen Tisch, wo man ihnen ein Getränk servierte, das so köstlich war, dass man nicht einen Tropfen davon verschenken mochte. Die junge Frau mit den intensiven blauen Augen übte eine große Faszination auf *Luzifer* aus, und so war er über sich selbst erstaunt, dass er, der für gewöhnlich sehr schüchtern war, eine Unterhaltung mit ihr begann. Die Art, wie sie sprach, war in den Ohren des kleinen Engels wie eine zarte Melodie und das, was die drei in diesem wundervollen Schloss miteinander teilten, fühlte sich wie pures Glück an. *Luzifer* wollte den Namen des jungen Mädchens erfahren – doch genau in dem Augenblick, als er gerade seinen ganzen Mut zusammengenommen hatte, um sie danach zu fragen, wurde das Licht ganz plötzlich so blendend hell, dass sie die Augen schließen mussten. Mit einem Schlag verstummte die Musik! Als sie die Augen wieder öffneten, begriffen sie sofort, dass sie zurück im Wohnzimmer waren. Der winzige Tisch war immer noch da, aber unmittelbar vor ihnen stand nun mit einem spöttischen und arroganten Lächeln ein Junge, den Mund voller Kekse, die er von dem Pappteller gestohlen hatte. Er hielt in den Händen die dunkelhaarige Puppe und jonglierte mit ihr, als wäre sie ein gewöhnlicher Stock. Das kleine Mädchen schaute wie erstarrt auf die Puppe, und eine Träne lief über ihre Wange. *Luzifer* explodierte vor Wut und schrie den Jungen an, er solle sofort die Puppe zurückgeben.

Der Junge, entweder zu jung oder zu einfältig, erwiderte, dass er zuvor noch einen Zaubertrick zeigen werde. Und mit einem schallenden »Tataaaa« riss er der Puppe plötzlich den Kopf ab. *Luzifer* verstummte abrupt, während das kleine Mädchen weinte, als ob die Tränen niemals mehr versiegen würden. Den Jungen befiel nun augenscheinlich ein gewisses Unbehagen bei dem Gedanken, dass ein Erwachsener hinzukommen könnte. Mit einem ähnlich dröhnenden »Tataaaa« setzte er den Kopf der Puppe wieder auf den Rumpf und warf sie auf den Boden, bevor er höhnisch lachend davonlief. Das kleine Mädchen drückte die Puppe fest an sich, und *Luzifer* konnte nicht anders, als alle beide in seine Arme zu nehmen.

Es verging eine ganze Weile, bis *Luzifer* dachte, nun sei es an der Zeit, zu den angeregten Unterhaltungen zurückzukehren, um diese schlimme Begebenheit möglichst schnell zu vergessen. Darüber hinaus hatte er die Hoffnung, die schöne junge Frau mit den unvergleichlich blauen Augen wiederzufinden. Er bot daher dem kleinen Mädchen den letzten Keks an, den der Junge vergessen hatte zu essen, und er fügte hinzu, dass sie sich nun beeilen müssten, denn der Ball werde sicherlich bald zu Ende gehen. Allmählich nahmen sie ihre Unterhaltung wieder auf und als sie ihr Lächeln endlich zurückfanden, kehrten sie in den großen Ballsaal des Schlosses zurück. Doch dort war die Musik verstummt und alle schienen verschwunden. Das Feuer in dem riesigen Kamin war erloschen, nur noch einige Glutstücke qualmten vor sich hin.

Luzifer rannte in Richtung des kleinen versteckten Raums und zog seine junge Freundin hinter sich her. Als sie in dem Zimmer mit den samtenen Wänden ankamen, entdeckten sie das schöne junge Mädchen mit den schwarzen Haaren. Sie war vollkommen starr und wirkte wie versteinert. *Luzifer* küsste sie auf die Wange, während das kleine Mädchen ihre Hand nahm. Aber die Puppe blieb hoffnungslos unbeweglich und stumm. Ihre Augen hatten den Glanz verloren und es schien kein Leben mehr in ihnen zu wohnen. Niemals würde *Luzifer* nun ihren Namen erfahren – und dies erschütterte seine Engelsseele zutiefst.

Plötzlich überfiel ihn ein seltsames und unbekanntes Gefühl, und augenblicklich wurde er in das Haus zurückgeschleudert. Zunächst machte ihm dieses eigenartige Gefühl große Angst, aber nach und nach gewöhnte er sich daran und es begann, ihm zu gefallen... Etwas brannte in ihm und er verspürte einen starken Drang, das zu tun, was er für richtig erachtete.

Er rief den Jungen und bat ihn, nochmals seinen Zaubertrick zu zeigen. Überrascht und erleichtert, dass sein Unfug keine weiteren Folgen bei seinen zwei kleinen Cousinen haben würde, kehrte der Knabe vergnügt an den Tisch zurück und trug dabei ein verabscheuungswürdiges Lächeln zur Schau. Doch dann tauchte *Luzifer* seine Augen so tief in die des Jungen, dass dieser erstarrte und unfähig war, sich zu bewegen. Augenblicklich befanden sich beide wieder im Schloss. Der große Ballsaal war immer noch vorhanden, dieses Mal genauso mit fröhlichem Leben erfüllt wie vormals. Die Gäste amüsierten sich und tanzten ausgelassen zu der Musik, sehr zum Gefallen des Jungen, der sich an diesem Ort sofort wohlzufühlen schien… Da rief *Luzifer* aus: »Hier sind wir, Eure Majestät« – und wie durch Zauberhand verstummte die Musik. Die Gesellschaft wirkte wie gelähmt, man hörte ein leises Raunen, und die beiden wurden von allen angestarrt. Schnell verschwand das spöttische Lächeln des Jungen und an seine Stelle trat ein verlegener Gesichtsausdruck. Als er jedoch die Stimme seiner kleinen Cousine hörte, die ihn bat, näher zu kommen, kehrte sein hämisches Grinsen erneut zurück. *Luzifer* schob ihn daraufhin in

Richtung des Throns und Schritt für Schritt wich die Menschenmenge zurück.

Die Königin war anwesend und saß, gekleidet in ein prachtvolles schwarzes Gewand, das mit funkelnden Diamanten übersät war, auf ihrem vergoldeten Thron. Zu ihrer Rechten saß die kleine Cousine, während zu ihrer Linken die Puppe mit leeren Augen regungslos blieb. Nun richtete die Königin das Wort mit strenger Miene an den Jungen und forderte ihn auf, sein Betragen zu erklären. Der Junge verstand zunächst nicht im Geringsten, was ihm vorgeworfen wurde. Als man ihm erklärte, dass er eine Puppe umgebracht habe, brach er in schallendes Gelächter aus.

Die Herrscherin schien nicht sonderlich überrascht zu sein über seine Reaktion, und so verkündete sie mit ruhiger Stimme, dass er als Strafe dasselbe Schicksal erleiden solle wie sein Opfer. Der Junge lachte noch heftiger – doch sein Lachen erstarb, als er sah, dass die Puppe zum Leben erwachte. Sie begann, größer und größer zu werden, bis sie mindestens die dreifache Höhe eines Erwachsenen erreicht hatte. Als sie aufhörte, zu wachsen, nahmen ihre Augen eine blutrote Farbe an. Dann streckte sie ihre Hand aus und griff nach dem Kopf des Jungen. Ihr Lächeln ließ ahnen, wie sehr es ihr gefiel, den Jungen leiden zu lassen. Sehr langsam zog sie an ihm, bis der Junge spürte, wie seine Knochen am Hals zu knirschen begannen, ohne dass er dies irgendwie hätte verhindern können. Dann: Nichts mehr!

Der Junge fand sich im Haus wieder, die Augen immer noch auf die des kleinen *Luzifer* geheftet, der nun ihm ein triumphierendes »Tataaaa« entgegenschleuderte. Er war immer noch wie gelähmt und wagte es nicht, sich zu bewegen. *Luzifer* näherte sich ihm und sprach mit leiser Stimme, dass dieser Traum, solange er nicht den Namen der Puppe kenne, ihn von nun an jede Nacht bis zum Ende seiner Tage heimsuchen werde.

Zurück in seinem Klassenzimmer, hatte *Luzifer* nun viele Ideen für seinen Aufsatz. Es ist nichts darüber bekannt, welche Note er hierfür erhalten hat oder ob es Schelte von seinen Lehrern gab. Es fiel jedoch auf, dass der Junge sich nie wieder einer Puppe nähern wollte und auch nie mehr seine kleinen Cousinen ärgerte. Was das kleine Mädchen anbetrifft, so spielte sie weiterhin mit der Puppe, aß braunen Zucker und tanzte mit ihrer Katze auf den Bällen der Königin. Doch niemals verriet sie den Namen der Puppe mit den schwarzen Haaren und den blauen Augen, die schöner waren als der Ozean.

~ 2 ~
Jugendjahre

Als *Luzifer* jung war, ging er wie alle anderen guten kleinen Engel zur Schule. Natürlich war es nicht irgendeine Schule. Vielmehr handelte es sich um eine ganz besondere Schule, in der man viele schöne, interessante Dinge lernen konnte. Zum Beispiel über die Wunder des Lebens, die Natur oder Alchemie, aber auch langweilige Fächer, die bis heute Schüler immer noch zur Verzweiflung bringen: Grammatik, Literatur – dicke Bücher, mit ihrer kleinen Schrift so mühsam zu lesen – und Mathematik. *Luzifer* war kein schlechter Schüler, weit davon entfernt, er war sogar Klassenbester, und damit zog er das Gespött seiner Schulkameraden auf sich. Außerdem saß er gern nahe am Holzofen, dessen Wärme er sehr liebte. Auch dies verbesserte nicht sein Verhältnis zu den anderen Schülern, die ihn nur noch mehr verhöhnten.

Doch *Luzifer* war kein Engel, der sich wehrte. Er hielt vielmehr bereitwillig auch die andere Wange hin, selbst wenn er tief in seinem Inneren sehr traurig war. Er wünschte sich sehr, dass die

Dinge sich ändern würden und dass er unter seinen Klassenkameraden endlich Freunde fände. Die Lehrer ignorierten das Problem oder gaben vor, nichts zu bemerken. Sie gingen wohl davon aus, dass es sich um Unfug von Kindern handelte und dies ohne besonderen Einfluss auf *Luzifer* sei, da er weiterhin die besten Noten hatte.

So vergingen die Jahrhunderte – denn hier dauert die Schule Jahrhunderte – und *Luzifer* wurde immer einsamer und deprimierter. Sein einziger Freund war sein Lieblingsofen im hinteren Teil des Klassenzimmers, mit dem er seine hellsten Stunden verbrachte. Die Wärme war für ihn so wohltuend, dass er darüber zeitweise all seine Probleme vergaß. Manchmal schlief er sogar im Klassenzimmer ein, und dann träumte er von einer Welt, in der alle freundlich zu ihm waren.

Die Zeit floss dahin, *Luzifer* wuchs heran und wechselte zum Gymnasium, wo er sich für das Internat entschied. Er hoffte dort auf bessere Chancen, Freunde zu finden. Aber genau das Gegenteil war der Fall, es wurde sogar noch schlimmer. Er wurde als Besserwisser, Lehrerliebling, Streber und Petze beschimpft, und niemand wollte im Unterricht neben ihm sitzen. In der Mensa erging es ihm nicht viel besser. Nicht selten fand er in seinem Essen zerdrückte Insekten oder andere unaussprechliche

Dinge, und wenn es zum Nachtisch Joghurt gab, traf ihn jedes Mal eine wahre Flut von Bechern, die woher auch immer angeflogen kamen. Im Schlafraum, den er mit einem anderen Engel teilte, gab es jedes Mal ein Riesentheater, wenn er das Badezimmer benutzen wollte. Sein Mitbewohner verbrachte Stunde um Stunde im Bad damit, sich zu pflegen, im Spiegel zu bewundern und sich aufzudonnern und verhinderte somit auch den Zugang zur Toilette. *Luzifer* hatte versucht, mit ihm zu verhandeln und bat sogar in anderen Zimmern um Einlass. Aber überall war es das gleiche Theater. Die anderen Engel schienen weitaus mehr mit sich selbst und ihrem Aussehen beschäftigt zu sein als mit der Not, die *Luzifer* hatte. Was war bloß mit allen los? War es eine Krankheit, die im Gymnasium um sich griff?

Und so passierte nicht selten, was geschieht, wenn man sich einfach nicht mehr zurückhalten kann. Er beschmutzte seine Kleidung, und die Flecken auf dem weißen Gewand konnte selbst ein Blinder sehen. Was für eine seltsame Idee, Kinder weiße Kleidung tragen zu lassen, wo doch bekannt ist, dass Weiß sehr schnell verschmutzt! Natürlich blieb dies alles seinen Klassenkameraden nicht verborgen, und so bekam er den Ruf eines „großen Schmutzfinks". Alle begannen, ihm aus dem Weg zu gehen. Selbst bei seinen Lehrern regten sich Zweifel, denn wie sagt das Sprichwort: „Wo Rauch ist, da ist auch Feuer".

Luzifer entschied, dass es nicht an ein paar Flecken liegen sollte, dass seine Chancen, Freunde zu finden, sich noch mehr verringerten. Und so sammelte er all seine Kleidung ein und beschloss, sie selbst in der Waschküche zu waschen. Um ganz sicher zu gehen, dass die Flecken auch tatsächlich verschwänden, wollte er Natron verwenden. Das einzige kleine Problem bestand jedoch darin, dass er nicht wusste, wo er dieses besondere Mittel finden konnte. Sein Zimmermitbewohner, der ihn mehrere Tage lamentieren hörte, dass er das Wunderprodukt nirgends fände, wurde dessen überdrüssig und überreichte ihm schließlich eine große, mit weißem Pulver gefüllte Schachtel. *Luzifer* war so glücklich, dass er ihn umarmte. Sofort ging er los, um seine Kleidung zu waschen. Alles wanderte in die Waschmaschine: Zuerst der Inhalt der ganzen Schachtel, dann Unterhosen, Socken, Tuniken, Pullover und T-Shirts. Nun wartete er, vollkommen nackt, vor der großen Waschmaschine auf das Ende des Waschgangs. Doch wie groß war seine Überraschung, als das Waschprogramm beendet war! Was für eine Katastrophe – seine gesamte Kleidung war rot geworden! Und es waren nicht nur hier und da ein paar Farbstreifen, nein! Ein heftiges, grelles Rot durchtränkte sämtliche Kleidungsstücke. Statt Natron hatte sein Mitbewohner ihm eine Mischung aus Kupferoxid und weiß gefärbtem Karmesinrot ausgehändigt... Der arme *Luzifer* verbrachte die ganze Nacht damit, seine Wäsche wieder und wieder zu waschen und zu bleichen. Doch es nützte nichts, die Kleidung blieb hoffnungslos tiefrot. *Luzifer* war so wütend und enttäuscht, dass man ihn derart hintergangen hatte, dass er die gleiche rote Farbe wie sein Gewand annahm. Es war zu viel! Zu viel und zu viel und zu viel!

Doch seine gute Erziehung verbot es ihm, sich zu rächen, auch wenn er unbändige Lust hatte, dies zu tun. Und so beschloss er, die positive Seite an der Sache zu sehen. Immerhin war hier alles weiß! Dies war langweilig – etwas Rot, so sagte er sich, würde diesen Ort mit ein wenig Fröhlichkeit erfüllen.

Am nächsten Morgen machte sich Entsetzen im Gymnasium breit. Niemals zuvor hatte es jemand gewagt, die Farbe der Himmelskleider in Frage zu stellen. Da alles um ihn herum weiß war, wurde *Luzifer* nun zum Mittelpunkt des Universums – und zum Hauptgesprächsthema. Diesmal machten sich nicht nur die Mitschüler seiner Klasse, sondern auch alle anderen Schüler des Gymnasiums über ihn lustig. Es war ein echtes Martyrium! Vor Scham wollte er in den Toilettenräumen Zuflucht finden, dort, wo niemand ihn suchen würde. Doch er hatte kein Glück. Überall gab es diese kranken Engel, die dabei waren, sich herauszuputzen, zu parfümieren, ihr Haar zu frisieren und sich vor den Spiegeln schön zu machen. Ein Anblick, bei dem einem übel werden konnte... und natürlich war es wieder hoffnungslos, die Toiletten zu erreichen.

Der Direktor und die Lehrer suchten in allen heiligen Texten nach einem Hinweis, der das Tragen von Rot verbot. Doch sie konnten nicht das Geringste ausfindig machen! In der gesamten Geschichte der Schöpfung hatte niemand das Tragen der Farbe Weiß angeordnet. Die Farbe hatte sich ganz von selbst durchgesetzt. Sie waren wirklich verärgert. Das grelle Rot war wie ein Schock inmitten dieses reinen Weiß. Doch vor allem galt es zu verhindern, dass dies Nachahmer finden könnte. So beschlossen sie, den jungen *Luzifer* zu bestrafen und an ihm ein Exempel zu statuieren, damit kein anderer Engel jemals wieder auf die Schnapsidee käme, etwas anderes als Weiß zu tragen.

In aller Eile wurde ein Disziplinarrat in der Schule eingerichtet. Um die Wirkung noch zu erhöhen, wurden alle Schüler eingeladen, diesem beizuwohnen. Eine riesige Menge an Engeln hatte sich versammelt, einer neugieriger als der andere. Es war nicht mehr ein Rat, sondern ein regelrechtes Tribunal, die reinste Lynchjustiz.

Vor all diesen Leuten fühlte sich der arme *Luzifer* wirklich klein. Er war so eingeschüchtert, dass er keinen Ton mehr herausbringen konnte; er begnügte sich damit, jedes Mal, wenn das Wort an ihn gerichtet wurde, nur mit dem Kopf zu nicken. Und natürlich gab es niemanden, der ihn verteidigte.

Er wurde gefragt, was er in dieser Welt am meisten liebte. Diese Frage brachte *Luzifer* in Verlegenheit, doch nach ein paar Minuten des Nachdenkens, und da er nicht lügen konnte, stammelte er eine Antwort. Und so vernahm jeder, dass das, was er am meisten mochte, der geliebte Ofen war, sein einziger Freund. Erneut brachen alle in schallendes Gelächter aus.

Der Rat hingegen war verärgert, denn er hatte die Absicht, ihm als Strafe genau das wegzunehmen, was er am meisten liebte. Doch dies hier war, ehrlich gesagt, lächerlich. Da es sich ursprünglich um ein Problem mit der Wäsche gehandelt hatte, verurteilte ihn der Rat daher, dass er fünf Jahrhunderte lang die Reinigungsarbeiten übernehmen müsse. Nach dem Unterricht müsse er jeden Tag in die Waschküche gehen, um die Kleidung aller zu reinigen, und dies mit dem strikten Verbot, etwas anderes für die Wäsche zu benutzen als das Pulver, das er erhalten werde. Danach, und um sicher zu gehen, dass jeder ihn dabei sehen würde, müsse er sich während jeder Unterrichtspause zur Gemeinschaftstoilette begeben und diese reinigen... Und da er die Hitze derart liebe, würde man ihm die Verantwortung für den Hauptheizkessel übertragen, und er müsse darüber wachen, dass das Feuer niemals erlösche.

Von den drei Strafen war die letzte für ihn mit Abstand die göttlichste, und er verbrachte verzückt jede Nacht in der angenehmen Wärme nahe beim Heizkessel.

Das Reinigen der Wäsche im Waschraum machte ihm nichts aus. Es war eine Arbeit wie jede andere auch, weder erniedrigend noch sonderlich angesehen, und außerdem wirklich notwendig. Was jedoch die Reinigung der Toilettenräume anbetraf, war die Situation eine andere. Die Räume waren niemals frei! Es gab immer einen dieser schrecklich selbstverliebten Engel, die stundenlang sämtliche Spiegel belagerten, so dass es unmöglich war, diese zu reinigen. Dies blieb dem Oberaufseher nicht verborgen und *Luzifer* wurde gezwungen, jedes Mal, wenn die Spiegel noch nicht sauber waren, nachts zurückzukommen, um seine Arbeit zu beenden. Er hasste es – es war derart ungerecht. Er wurde damit so vieler Stunden an seinem geliebten Ofen beraubt, seine einzigen Momente des Wohlbehagens. Er musste unbedingt ein Mittel finden, einen Trick, vielleicht einen Zauber, damit die Engel Platz machten und er endlich die Spiegel reinigen konnte.

Eines Tages wartete er in den Toilettenräumen auf das Erscheinen eines Engels. Es dauerte nicht lange: Bald schon baute sich ein dünner, lässiger Engel wie ein Telegrafenmast vor dem Spiegel auf. Er machte dabei derartige Verrenkungen und Grimassen, um jeden Winkel seines Gesichtes zu erkunden, dass es einer Zirkusnummer glich. Nach einigen Minuten wandte sich *Luzifer* an ihn und sagte, dass es eine Krankheit gebe, die in seinem Alter sehr häufig auftrete und immer dann ausbreche, wenn man sich zu lange vor einem Spiegel aufhalte. Der Engel brach in lautes Gelächter aus und setzte seine Schlangenbewegungen fort. *Luzifer* sprach weiter und warnte ihn, dass mit jeder Minute, die er länger damit verbringe, sich im Spiegel zu betrachten, ein schrecklicher roter Pickel auf seinem Gesicht erscheinen könne. Er fügte sogar hinzu, dass er es riskiere, dass ihm dasselbe widerfahre wie ihm, nämlich für Jahrhunderte die Toiletten reinigen zu müssen, da ja die Farbe Rot hier strikt verboten sei. Der Engel setzte seine Beschäftigung unbeeindruckt fort und ignorierte *Luzifers* Warnungen – doch dann schrie er plötzlich auf: ein winziger roter Pickel war auf seinem Gesicht erschienen, dann noch einer und noch einer, es hörte gar nicht mehr auf. Der Engel traute seinen Augen nicht und voller Angst, dass die anderen ihn sehen könnten, floh er in Windeseile durch die Korridore und stieß dabei laute Entsetzensschreie aus, er sei von der Pest getroffen. Durch den Lärm alarmiert, fanden sich andere Engel in den Waschräumen ein, um sich zu vergewissern, dass sie sich nicht angesteckt hatten. Aber oh weh, hundertmal oh weh, jeder Engel, der sich vor den Spiegel stellte, entdeckte auf seinem Gesicht eine Ansammlung kleiner roter Pickel, die ihn verunstaltete. Von diesem Tag an hatte *Luzifer* seltsamerweise nie mehr ein Problem in den Toilettenräumen, sei es beim Reinigen oder sei es bei dem, was jeder sonst an diesem Ort tut.

Doch das ist noch nicht das Ende der Geschichte: Da die Engel die Gewohnheit hatten, für ihre praktischen Übungen den Menschen regelmäßig Besuche abzustatten, breitete sich diese „seltsame Krankheit" über die gesamte Menschheit aus. Auch wenn seit dieser Geschichte inzwischen viele Jahrhunderte vergangen sind, geschieht es nicht selten, dass die Menschen jedes Mal, wenn sie lange vor einem Spiegel stehen, diese kleinen Pickel entdecken. Alle Menschen? Nein! Seltsamerweise befällt diese Krankheit nur Jugendliche, die sich in dieser Lebensphase besonders viel im Badezimmer aufhalten.

Bis heute weiß niemand, warum die Krankheit auftritt. Erscheinen die Pickel, weil man in den Spiegel schaut? Oder verbringen die Menschen Zeit vor dem Spiegel, weil die Pickel auftauchen? Es ist ein Rätsel... Einer Sache bin ich gewiss: *Luzifer* kennt die Antwort... Doch er wird nichts verraten, so viel ist sicher!

~ 3 ~
# Der Brunnen der Wahrheit

Vor ungefähr 2000 Jahren gab es in Rom einen wunderschönen Garten, der an den großen Tempel des Herkules angrenzte, den *Herculis invicti Ara maxima*. Dieser Garten war ein wahrer Zauber für die Sinne und blieb alle Jahreszeiten hindurch grün und einladend. Bei jedem Wetter tat es gut, dort spazieren zu gehen, und seine vielen kleinen, versteckten Winkel erfreuten sich bei allen frisch Verliebten großer Beliebtheit. Egal, ob man hier fünf Minuten oder ganze Stunden verweilte, trübe Gedanken schienen einfach zu verschwinden. Wenn man ihn verließ, tat man es mit leichtem, glücklichem Herzen.

In der Mitte dieses bezaubernden Ortes befand sich eine steinerne Bank. Hier, in Sichtweite von allen, nahm kein einziges Paar Platz. Einzig ein junger Mann saß dort viele Stunden an jedem *dies nefasti* – einem römischen Feiertag –, betrachtete die Spaziergänger und lauschte ihren Gesprächen.

Die Leute redeten viel, erzählten Geschichten, berichteten vom neuesten Klatsch, belogen die anderen oder auch sich selbst...

Was den jungen Mann am meisten faszinierte, waren die unergründlichen Geheimnisse der Liebe und die große Anzahl von Versprechen, die die Paare sich gegenseitig machten.

Der eine schwor ewige Liebe, der andere lockte mit Reichtümern im Überfluss, wieder ein anderer mit Ruhm und Ansehen und vielen weiteren Dingen. Selbst was ihre gesellschaftliche Stellung oder ihre geheimen Wünsche anging, blieben sie nicht unbedingt bei der Wahrheit. Es gab so viele Worte und gegenseitige Versprechen, ohne dass irgendjemand ihre Aufrichtigkeit hätte bezeugen oder gar sicher sein können, dass sie auch nur ein Fünkchen Wahrheit enthielten... So fanden sich Paare oder trennten sich, manchmal spielten sich Dramen ab und oft gab es Tränen.

Dieser Ort war fast idyllisch. Doch um wirklich perfekt zu sein, fehlte es an erfrischendem Wasser, das mit einem melodischen Plätschern dahinfließt. Eines schönen Tages geschah es auf wundersame Weise, dass plötzlich ein Brunnen an der Stelle stand, an der sich die kleine Steinbank befand. Niemand konnte sagen, wer ihn errichtet hatte und wie er dort hingekommen war. Eine weiße Marmorstatue mit dem Bildnis eines Herkules – des Mannes, der alle Tugenden verkörperte – erhob sich majestätisch inmitten eines Wasserbassins, das in seiner einfachen Form die Schönheit des Ortes besonders zur Geltung brachte. Kristallklares Wasser sprudelte aus Mund und Augen des Herkules, und während es sachte in das Becken hinunterfloss, verbreitete es ein leises, betörendes Murmeln. Die Beschaffenheit der Skulptur suchte ihresgleichen. Die Haare schienen so echt, dass man Lust verspürte, sie zu berühren, so weich und seidig wirkten sie. Ein feiner und perfekt geschnittener Bart unterstrich einen Mund, dessen Küsse jede Frau auf Erden erobert hätten. Die Gesichtszüge waren von solcher Anmut und Reinheit, dass sie mit Worten kaum zu beschreiben waren.

Ein fein geschnitztes Fresko umrandete das Wasserbassin. Es stellte die Abenteuer des Herkules dar. In lateinischer Sprache war dort zu lesen: „*Absit reverentia vero*" – Hab keine Angst, die Wahrheit zu sagen.

Der junge Mann saß am Rand des Beckens, strich mit den Fingerspitzen sanft über das Wasser und schien auf irgendetwas oder irgendjemanden zu warten.

Nach einer kurzen Weile sah er ein junges Paar auf sich zukommen. Es dürfte nicht viel älter als 30 Jahre gewesen sein und lachte auffällig laut. An ihren Kleidern konnte er leicht erraten, dass sie einer reichen Patrizierfamilie angehören mussten.

Als der vornehme Mann in der Nähe des Brunnens ankam, wollte er dort seinen Durst stillen. Doch gerade in dem Moment, als er etwas Wasser in seine Handfläche schöpfte, unterbrach ihn der junge Mann mit den Worten:

»Nimm dich in Acht, mein Freund, dieses Wasser entspringt dem Mund des Herkules! Sobald du davon trinkst, wirst du den ganzen Tag und die darauffolgende Nacht nichts als die reine Wahrheit sprechen, ohne dass du es auch nur im Geringsten verhindern kannst!«

Der Mann brach in schallendes Gelächter aus und erwiderte, dass diese Art von Aberglauben ihm nichts anhaben könne und dass er sowieso keine Geheimnisse vor irgendjemandem habe. Und als ob er dies beweisen wollte oder auch aus Trotz, trank er so lange, bis er keinen Durst mehr verspürte. Die junge Frau hatte bisher geschwiegen, doch sie beobachtete ihren Begleiter aufmerksam. Ein seltsamer Glanz lag in ihren Augen und es war leicht zu erraten, dass sie vor Ungeduld brannte, zu erfahren, ob der Brunnen tatsächlich verzaubert war.

So fragte sie ihn bereits nach ein paar Minuten, was er von ihren Kochkünsten halte. Der Mann wirkte verwirrt und wollte nicht antworten. Sie bestand energisch auf eine Antwort, doch aus unerfindlichen Gründen schwieg er beharrlich. Es war für sie dennoch offensichtlich, dass er mit sich selbst kämpfte. Sie drängte erneut – und plötzlich ergoss sich anstelle einer Antwort eine Lawine von Vorwürfen über sie. Zunächst erfuhr sie, dass ihre Kochkünste derart abstoßend seien, dass sogar die Schweine sich abwandten! Dann warf er ihr ihr Verhalten vor, ihre Launen, ihre Kleidung, ihre Ausgaben, ihren Umgang... Ohne Unterlass ging dies so weiter, bis hin zur lieben Familie! Nichts schien diesen stetigen Strom von Kritik, Anschuldigungen und Tadel mehr aufhalten zu können. Als endlich alle Themen erschöpft waren, herrschte eine lange Stille, in der man hätte meinen können, dass ihr ein übler Geruch anhaftete. Der Mann wirkte restlos erschöpft, so sehr schien er dagegen angekämpft zu haben, etwas zu sagen, während die Frau in Tränen aufgelöst war.

Da begann die Frau unvermittelt ebenfalls mit großen Schlucken das Wasser aus dem Brunnen zu trinken. Und natürlich entwich auch ihrem Mund kurz darauf eine Flut von „Komplimenten". Sie warf ihm seine Untreue vor, seinen Leichtsinn und seine Neigung zum Trinken... dann seine Hässlichkeit und viele weitere Dinge, die für andere belanglose Kleinigkeiten sein mochten, aber hier in diesem Fall eine infernalische Dimension annahmen. Als der Sturm vorüber war, lief sie, das Gesicht rot vor Scham und Wut, tränenüberströmt davon. Ihr Begleiter folgte ihr in ähnlich desolatem Zustand.

»Also für diese zwei war das Wasser von Nutzen«, dachte der junge Mann und machte ein zufriedenes Gesicht... »Dieses bedauernswerte Paar wäre todunglücklich geworden.«

Nun näherten sich ein Kind und dessen Mutter dem Brunnen. Der kleine Junge, der viel umher gelaufen war, schien offensichtlich sehr durstig. Diesmal wollte der junge Mann nicht eingreifen und ließ es zu, dass der Knabe sich dem Wasser näherte. Wie erwartet, trank das Kind, so viel es konnte. Nach wenigen Minuten ergoss sich ein endloser Strom von Beschuldigungen und abfälligen Bemerkungen bis hin zu beleidigenden Worten über seine Mutter. Die arme Frau war so entsetzt, dass kein Ton über ihre Lippen kam. Dann drängte der kleine Junge und verlangte, nach Hause zu gehen, da er bessere Dinge zu tun habe, als durch Parks zu spazieren. Die gedemütigte und verletzte Mutter fügte sich und schnell verließen sie den Garten.

»Ohne Frage, das Kind ist abscheulich! Dennoch sagt es die Wahrheit, zumindest denkt es dies, und indem es dies tut, verhält es sich gegenüber seiner Mutter ungerecht… Das verstehe ich nicht!«, dachte der junge Mann mit besorgter und trauriger Miene.

Aber für solche Überlegungen blieb keine Zeit, da eine junge Frau anfing, am Brunnen zu trinken. Sie war in Begleitung eines sehr gutaussehenden Mannes, der zweifellos einer angesehenen Familie entstammte. Sobald die junge Frau den letzten Schluck getrunken hatte, warf sie sich unversehens ihrem Begleiter zu Füßen und gestand ihm ihre glühende Liebe. Der Apollon fühlte sich sichtlich unbehaglich und wusste nicht, wie er sich aus der Lage befreien sollte. Er wehrte entschuldigend ab – und schließlich gab er zu, dass er keine Liebe für sie empfinde und sich nur mit ihr treffe, um seinen Eltern einen Gefallen zu tun. Die junge Frau brach zusammen und umklammerte heftig die Beine des Schönlings. Dieser fand keinen anderen Weg, sie loszuwerden, als sie von sich zu stoßen, bevor er die Flucht ergriff.

»Ich verstehe es einfach nicht! Die Wahrheit zu sagen, ist doch eine der besten Eigenschaften – und dennoch mündet sie nur in Dramen oder Unheil.«

Da fuhr der junge Mann auf seltsame Weise mit der Hand durch das Wasser und raunte dabei etwas Unverständliches.

Ein neues Paar erschien. Diesmal war es ein Soldat, der von einer jungen Dame begleitet wurde, die zweifelsohne seine Freundin oder Verlobte war. Er holte aus seiner Umhängetasche einen kleinen Zinnbecher hervor, tauchte ihn ins Wasser und trank langsam ein paar Schlucke. Einige Zeit später schloss er seine Begleiterin in die Arme und erklärte ihr, dass nichts ihre Heirat verhindern könne, dass sie sein einziges Lebensglück sei und andere Dinge im gleichen Stil... Die junge Frau wirkte zwar überrascht, aber gleichzeitig entzückt und fragte ihn, ob er dies wirklich ernst meine. Mit dem Selbstbewusstsein eines Generals versicherte der Mann, dies sei die reine Wahrheit. Er ermutigte sie, die Nachricht sofort ihren Eltern zu überbringen, damit direkt danach die Hochzeitsvorbereitungen beginnen könnten. Die junge Frau war so glücklich, dass sie auf der Stelle gehorchte und sofort loslief, um die gute Neuigkeit zu verkünden.

So blieb der Soldat vorerst allein zurück und fuhr langsam damit fort, seinen Durst zu stillen. Aber diese Ruhe währte nur drei Schlucke lang. Eine junge Frau, kaum älter als die erste und sichtlich in Rage, herrschte ihn an und verlangte Erklärungen, was die Heiratsideen, die im Kopf ihrer Schwester herumschwirrten, zu bedeuten hätten.

Der Mann wirkte immer noch gelassen. Er erzählte ihr dasselbe wie bereits zuvor ihrer Schwester: Dass sie die Auserwählte seines Herzens sei und andere honigsüße Worte. Er sagte ihr, dass ihre Schwester völlig verrückt sei und schwor, er habe um Himmels willen niemals von Heirat gesprochen, betrachte er sie doch nur mit den Augen eines großen Bruders. Die misstrauische junge Frau heftete ihre Augen in die seinen und entdeckte in ihnen nicht ein Körnchen Wahrheit. Und so erntete der Mann eine schallende Ohrfeige, die ihn zu Boden gehen ließ. Während er sich wieder aufrappelte, war die junge Frau bereits fort, doch ihr Fluchen und ihre Beschimpfungen waren noch im ganzen Park zu hören.

Der junge Mann, der sich keine Sekunde dieses Auftritts hatte entgehen lassen, war außer sich.

»Weder die Wahrheit noch die Unwahrheit haben irgendeine moralische Bedeutung??!«, schrie er. »Was hat die Lehre für einen Sinn, die die Wahrheit preist und die Lüge verabscheut? Das alles ist nur Schall und Rauch!«

Wütend packte er den Kopf der Statue und riss ihn ab, als wäre es ein Leichtes!

»Und du? Du, dessen Tugenden gepriesen werden, was hast du hierzu zu sagen?«, schrie er den armen steinernen Kopf an, als ob Herkules höchstpersönlich ihm antworten könnte. Natürlich gab der steinerne Herkules keinen Laut von sich, was den Zorn des jungen Mannes, dessen Gesicht jetzt purpurrot war, noch weiter verstärkte.

»Du antwortest nicht? Du antwortest nicht?«, wiederholte er immer wieder und hämmerte den Kopf mit übermenschlicher Wucht auf den Boden, so lange, bis er am Ende völlig flach war. Der engelhafte Ausdruck der Statue war verschwunden. Das Gesicht schien jetzt erstarrt in Verblüffung und hatte eine verstörende Miene angenommen. Voller Abscheu warf der junge Mann die Herkules-Steinscheibe weit von sich.

Dann traktierte er mit Fäusten und Füßen den Rest des Brunnens, so dass dieser binnen kürzester Zeit in kleine Stücke zerfiel.

Am Ende blieb nicht mehr viel von diesem Brunnen übrig. Im Laufe der Zeit verschwand nach und nach auch der Park. Später wurde dort eine Kirche namens *Santa Maria in Cosmedin* erbaut. Seltsamerweise befindet sich an der Wand des Pronaos eine eigenartige Steinscheibe, die *Bocca della verità* genannt wird. Diese stellt einen sonderbaren Kopf dar, dessen Haare und Bart zu einem leicht hysterischen Ausdruck verschmolzen sind. Anstelle der Augen, der Nase und des Mundes sind Öffnungen zu sehen, die offenbar ein Wasserdurchlass waren.

Einige sagen, dass es sich um eine Art Deckel für den Abwasserkanal handele, andere sprechen von einem Flachrelief als Huldigung für den Gott Merkur... wieder andere meinen sogar, der Teufel sei nicht weit und mache sich einen Spaß daraus, dass all diejenigen, die ihre Hand durch die Spalte des Mundes schieben und dabei die Unwahrheit sagen, ihre Hand verlieren.

Eine Sache noch: Lasst kein Wasser dort hindurchfließen, ihr könntet sonst Lust bekommen, es zu trinken...

~ 4 ~
# Der Geschichtenhändler

Es war einmal vor langer Zeit ein öffentlicher Schreiber in der alten Stadt Hanau. Damals konnten viele Leute weder lesen noch schreiben, daher war ein öffentlicher Schreiber für sie von großem Nutzen. Allerdings war dieser hier sehr besonders. Er beherrschte das Verfassen von Briefen an Behörden oder Banken, er fand die richtigen Worte für Familienangelegenheiten und er schrieb sogar Liebesbriefe. Bei letzteren muss man sagen, dass er die Worte vorzüglich wählte. Es gelang ihm mühelos, alle Dokumente, die man ihm vorlegte, zu lesen, sei es auf Latein, Griechisch, Deutsch, Französisch, ja sogar auf Russisch. Jeden Donnerstag traf man ihn am alten Exerzierplatz an, selbst bei Regen oder Sturm. Das einzige Gepäckstück, das er mit sich führte, war ein großer Kasten, den er um den Hals trug und der ihm als Schreibpult diente.

Für seine Dienste verlangte er stets nur eine Münze, egal ob sie aus Gold, Silber oder Kupfer war. Wenn man keine dabei hatte oder nicht das

Geld besaß, ihn zu bezahlen, reichte ihm ein Lächeln. »Zahlen Sie ganz einfach beim nächsten Mal« sagte er dann. Gleichwohl schien er nicht sonderlich vermögend zu sein, dies verrieten zumindest die zahlreichen Löcher in seinem Gehrock. Sein Zylinderhut war derart aus der Form geraten, dass man befürchten musste, er fiele jeden Moment in sich zusammen. Dennoch strahlte er eine jugendliche Frische aus und sein anmutiges Gesicht hatte eine starke Anziehungskraft.

Seit vielen Jahren, je nachdem, ob der Wind aus Norden oder Westen wehte, konnte man ihn am großen Brunnen finden oder in der Nähe der Gemäuer des alten Amtshauses. Dort ließ er sich nieder, summte zuweilen unbekannte und fröhliche Weisen und zeigte immer ein sonniges Lächeln, egal, welche Jahreszeit es war. Die Zeit verging und dennoch schien sie ihm nichts anzuhaben.

Nicht selten leisteten ihm die Kinder der Stadt Gesellschaft und verbrachten mit ihm den ganzen Tag. Wenn sie brav gewesen waren, versäumte es der junge Mann nie, für sie außergewöhnliche Geschichten zu erfinden. Seine treuesten kleinen Bewunderer waren niemand anderes als die Kinder des Amtmanns. Eine Schar kleiner Jungen, reizend und ausgelassen zugleich, die ihre einzige Schwester *Charlotte* stets umringten. *Jacob* und *Wilhelm*, die zwei Ältesten, waren am stärksten von den

Geschichten des jungen Schreibers gefesselt. Um nichts in der Welt hätten sie einen Donnerstag mit ihm verpasst. Zuweilen geschah es sogar, dass sie darüber derart die Zeit vergaßen, dass ihre Mutter sie abholen musste. Die Ehefrau des Amtmanns, *Dorothea*, war schüchtern und dennoch eine charmante junge Frau. Wenn sie das Haus verließ, trug sie stets einen Mantel oder einen großen Umhang, dessen Kapuze ihr Gesicht verbarg. Dennoch wussten alle, dass sie es war.

Eines Tages verspürte *Dorothea* große Lust, selbst die Geschichten zu hören, von denen ihre Kinder so begeistert erzählten. Die zwei Brüder *Jacob* und *Wilhelm* waren unvergleichlich darin, die Erzählungen auf ihre ganz eigene Weise zu verändern, was regelmäßig zu einem Streit darüber führte, welches die richtige Version der Geschichte war, die sie gehört hatten. So beschloss sie, am darauffolgenden Donnerstag den Schreiber aufzusuchen, damit er ihr selbst eine seiner Geschichten erzähle.

Der Donnerstag kam... Zur Essenszeit erschien *Dorothea* am alten Platz, um ihre Kinder einzusammeln. Der junge Mann wollte ihr danken, dass sie den Kindern erlaubte, ihn zu besuchen und seinen Geschichten zuzuhören. Da bat sie ihn höflich, ob er ihr eine Geschichte erzählen könne, ganz allein für sie. Der junge Mann schien verlegen und lehnte die Bitte unter dem Vorwand ab, seine Geschichten seien nur für Kinder interessant. Doch *Dorothea* blieb beharrlich. Es komme nicht in Frage, dass jemand ihren Kindern Dinge erzähle, auch wenn es sich nur um Fabeln handele, ohne dass sie diese kenne. Der junge Schreiber machte eine verdrießliche Miene und wollte erneut ablehnen. »Meine Bitte lautet: Eine Geschichte für eine Münze. Entspricht dies eurem Preis?« Angesichts *Dorotheas* Beharrlichkeit begriff der junge Mann, dass er auf den Handel eingehen musste. So nahm er die Münze und fragte die Frau des Juristen, welche Art von Geschichte sie gerne hören wolle. »Überrascht mich!«, rief sie aus. Da bat der junge Mann um Erlaubnis, ihre Hand nehmen zu dürfen, was *Dorothea* zuließ. Und der Schreiber begann mit sanfter Stimme und leisen, wohlklingenden Worten seine Geschichte. Nach einigen Minuten spürte *Dorothea*, wie sie von einem eigenartigen Gefühl ergriffen wurde. Für einen kurzen Moment schloss sie die Augen... Als sie sie wieder öffnete, war die Stadt verschwunden. An ihre Stelle waren wunderschöne grüne Hügel getreten, die vom Licht der Frühlingssonne überflutet wurden. Sie vernahm lautes Vogelgezwitscher, und eine Meeresbrise kitzelte ihre Nasenflügel. In der Ferne erblickte sie eine Wasserfläche, die ein so tiefes Blau hatte, dass es nur das Meer sein konnte. Sie verbrachte eine lange Zeit damit, aufs Wasser zu schauen. Nichts auf der Welt konnte sie dazu bewegen, diesen Ort wieder zu verlassen, so wohl fühlte sie sich. Dann verschwamm alles und sie befand sich wieder auf dem alten Exerzierplatz von Hanau.

»Woher wusstet ihr, dass es mein größter Traum war, den Ozean zu sehen?«

»Ich wusste es ganz einfach, das ist alles!«, antwortete er ihr liebenswürdig.

Verwirrt und begeistert zugleich dankte sie ihm mit den Worten, niemals in ihrem Leben habe sie eine so schöne Geschichte gehört. Dann verabschiedete sie sich und eilte zusammen mit ihren Kindern fort.

Die ganze darauffolgende Woche ging ihr die Geschichte nicht aus dem Kopf. Es gelang ihr kaum, nachts einzuschlafen. Diese wundervolle Landschaft, diese Sonne, dieser tiefblaue Ozean hatten etwas für immer in ihr verändert. Sie konnte nur noch an eines denken – dorthin zurückzukehren. So erwartete sie den folgenden Donnerstag mit einer fast wütenden Ungeduld. Es schien ihr, als verlangsame sich die Zeit immer mehr, je näher besagter Tag kam. Sie war so nervös, dass ihr Ehemann *Philipp* voller Beunruhigung einen Arzt rufen wollte. Aber *Dorothea* lehnte dies ab unter dem Vorwand, dass Männer von den Frauendingen ganz einfach keine Ahnung hätten. Und damit war die Unterhaltung beendet.

Als der Donnerstag endlich kam, erwartete sie den Abend mit einer derart brennenden Ungeduld, dass ihr Mann glaubte, sie habe Fieber. Sobald sie ihr Abendessen beendet hatte, hielt sie es nicht mehr aus, griff nach ihrem Umhang und lief mit eiligen Schritten in Richtung des großen Platzes. Der junge Mann war dort, ging mit großen Schritten auf dem Kopfsteinpflaster auf und ab und summte dabei eine unbekannte, sanfte Melodie… Er schien auf sie gewartet zu haben. *Dorothea* war so aufgeregt, dass sie vergaß, ihn zu begrüßen. Wortlos reichte sie ihm eine Münze, dieses Mal aus Silber.

Der junge Mann schaute auf die Münze, die im Mondlicht glänzte, und schien nicht zu begreifen. Ungeduldig forderte *Dorothea* ihn auf, dass er ihr eine andere schöne Geschichte erzählen solle. Diesmal eine, die sie verrückt vor Glück mache. Einen kurzen Moment zögerte der junge Schreiber, dann willigte er ein.

»In diesem Fall lasst mich meine Hand an Eure Wange legen, dann schließt die Augen.«

Dorothea ließ dies zu und so berührte er mit einer solchen Sanftheit ihre Wange, dass sie sofort errötete. Behutsam zog er ihre Kapuze beiseite und entdeckte dabei das unermessliche Blau ihrer

Augen, in denen sich der Mond spiegelte. Einen kurzen Moment war der junge Mann verwirrt, dann fasste er sich wieder. Und er begann seine Geschichte.

Als *Dorothea* ihre Augen schloss, wurde sie erneut von einem Sog ergriffen. Ein wundervoller, frischer Meeresduft betörte ihren Geruchssinn. Sie öffnete die Augen. Diesmal befand sie sich unmittelbar am Ufer. Sie konnte das Plätschern der Wellen hören und spürte die Wärme des Sandes unter ihren Füßen. Wenige Schritte entfernt stand ein kleines weißes Haus mit einem Schilfdach, aus dessen Schornstein ein köstlicher, süßer Duft stieg. In einem an das Haus angrenzenden kleinen Garten scharrten zwei Kinder in der Erde, um Samenkörner zu setzen. Als sie *Dorothea* kommen hörten, drehten sie sich um. Ihre Gesichter kamen ihr sehr vertraut vor, dennoch gelang es ihr nicht, sie wiederzuerkennen. Als sie jedoch lächelten, begriff sie, dass es nur ihre eigenen Kinder sein konnten, die sie damals verloren hatte. Auch der junge Mann war anwesend. Er saß auf einer kleinen Holzbank und schien auf die Kinder achtzugeben, während er auf einer kleinen Violine bezaubernde Weisen spielte. Und plötzlich, wie schon beim letzten Mal, verschwamm alles und der Lichtschein der Laternen brachte sie in die triste Realität des Ortes zurück, wo sie sich befand. Der junge Mann hielt immer noch ihr Gesicht in seiner Hand und ihre Augen begegneten sich unter einem Tränenschleier. *Dorothea* dankte ihm und eilte zurück zu ihren Kindern.

Die ganze Woche über war *Dorothea* in einer solchen Hochstimmung, dass nichts ihre gute Laune trüben konnte. Unaufhörlich musste sie an den jungen Schreiber und seine Erzählungen denken.

Den darauffolgenden Donnerstag hatte sie einen Apfelkuchen zubereitet und wollte ein Stück davon dem jungen Mann vorbeibringen... Wie es seine Gewohnheit war, wartete der junge Schreiber auf dem alten Exerzierplatz, wo er unaufhörlich auf und ab lief. Als er sah, dass sie ihm entgegenkam, hellte sich sein Gesicht auf. *Dorothea* näherte sich schweigend und reichte ihm ein Stück von dem Kuchen, den sie für ihn gemacht hatte. Der junge Mann zögerte kurz, dann nahm er es entgegen. Er genoss derart jeden Krumen des Gebäcks, dass man hätte meinen können, jeder Bissen brächte ihn dem Paradies ein Stück näher. Während er aß, heftete er seinen Blick tief in den ihren. Seine schwarzen Augen schienen alle Farben der Welt anzunehmen. Die junge Frau konnte ihren Blick nicht von ihm wenden, so sehr zog er sie in seinen Bann. Er näherte sich ihr, bis ihre Lippen sich streiften. Da hielt sie ihm eine Goldmünze hin und murmelte, zum Dank, dass er ihr das Glück ihrer Kinder gezeigt habe, würde sie ihm gerne ihrerseits einen Wunsch erfüllen. Als Antwort gab der junge Mann ihr einen so innigen Kuss, dass *Dorothea* das Bewusstsein verlor.

Als sie wieder zu sich kam, hielt der junge Mann sie in seinen Armen. Die zwei kleinen Kinder tätschelten liebevoll ihre Hand und sie nahm einen Duft von Bergamotte-Tee, ihrem Lieblingstee, wahr. Von Panik ergriffen wollte sie fliehen, aber ihr Körper weigerte sich, ihr zu gehorchen. Ein schwarzer Nebel begann sie einzuhüllen. Dann wurde alles finster und sie sank ohnmächtig in sich zusammen.

Dorothea kam in den Armen des jungen Mannes wieder zu Bewusstsein. Er lächelte sie liebevoll an und streichelte mit warmer, zärtlicher Hand ihre Wange, während er behutsam ihre langen schwarzen Haarsträhnen zur Seite strich, die der leichte Abendwind über ihr zartes Gesicht geweht hatte. Sie konnte im tränenfeuchten Blick des jungen Mannes das intensive Blau ihrer eigenen Augen sehen. In diesem Moment blickte sie tief in seine Seele hinein. Doch als sie dort die unermesslichen, leidenschaftlichen und verzweifelten Gefühle sah, wurde sie von Entsetzen erfasst. Heftig stieß sie ihn von sich.

Der junge Mann begriff nicht und wollte sie erneut an sich ziehen. Voller Abscheu stieß sie ihn ein zweites Mal von sich. Abrupt veränderte sich der Blick des Mannes. Die Farbe seiner Augen nahm die undurchdringliche Schwärze einer eiskalten, lichtlosen Welt an. Sein Gesicht erstarrte zu einer Maske aus Enttäuschung und Wut und ließ keinen Platz mehr für andere Gefühle. Brüsk warf er seinen Kasten mit einer derartigen Wucht zu Boden, dass dabei sogar der Lederriemen zerriss. Dann schlug er mit einer solchen Kraft gegen den Brunnen, dass das Wasser aufhörte, zu fließen. *Dorothea* wich voller Angst zurück. In diesem Moment erhellte ein greller Blitz den Platz und blendete sie. Nach einiger Zeit konnte sie die Dinge um sich herum wieder erkennen. Der junge Mann war verschwunden. Das einzige, was von ihm geblieben war, waren einige Zeilen auf einem Blatt Papier, das der Wind eilig mit sich forttrug.

Niemand sah den jungen öffentlichen Schreiber jemals wieder und keiner wusste, was mit ihm geschehen war. Freilich kursierten viele Gerüchte. Was *Dorothea* anbetraf, so verriet sie niemals, was sie gesehen hatte. Doch sie musste einiges ihren Kinder gegenüber erfinden, die sehr unglücklich über das Verschwinden des Erzählers waren.

So erklärte sie ihnen, dass sich an jenem Abend sechs tiefschwarze Raben auf dem Brunnen niedergelassen hätten. Sie seien weder groß noch klein gewesen, weder schön noch hässlich. Aber sie hätten sich derart geähnelt, dass sie Brüder gewesen sein mussten. Sie hätten den Geschichten des jungen Mannes gelauscht, ohne ein einziges Wort zu verpassen. Ja, man hätte glauben können, dass sie alles verstanden. Dann sei plötzlich ein Gewitter aufgezogen und ein Blitz habe in den Brunnen geschlagen. Voller Angst habe sie fest die Augen geschlossen, doch als sie sie wieder geöffnet habe, habe sie nicht sechs, sondern sieben Raben gesehen, die alle zusammen davonflogen. Es könne sich nur um eine Verzauberung gehandelt haben…

Einige Zeit später verließ *Philipp Grimm* Hanau zusammen mit seiner Familie und zog nach Steinau. Leider verstarb er bereits drei Jahre später und ließ *Dorothea* alleine zurück. *Jacob* und *Wilhelm* wurden zu ihrer Tante nach Kassel geschickt, wo sie ein Studium aufnahmen. Einige Jahre später begannen sie, alle Arten von Geschichten und Märchen zu sammeln. Zweifellos waren sie stets auf der Suche nach einer Erzählung über sieben Brüder oder sieben Raben… Wer weiß dies schon? Denn niemals waren sie einer Meinung!

~ 5 ~
Jupps Cuvée

Mitte der Zwanziger Jahre lebte im nicht weit von Köln entfernten Ahrtal ein junger Winzer, von dem alle sagten, dass er ein wenig verrückt sei. In Wahrheit war er jedoch alles andere als das! *Jupp*, so hieß er, liebte die Musik ebenso wie den Wein. Doch dies war für sein Umfeld ganz einfach undenkbar. Man konnte nicht Musiker sein und gleichzeitig die Kunst des Weinanbaus beherrschen, ohne eines davon zu verderben. Doch *Jupp* machte sich nichts aus der Kritik und dem Klatsch, und er arbeitete an den Weinreben weiterhin genauso hart wie an den Arpeggios.

Zu jener Zeit war sein Lieblingsinstrument die Trompete. Freilich, dies war kein sehr diskretes Instrument. Wie konnte es daher gelingen, zu spielen, ohne dass andere dies hörten und über ihn spotteten? Doch dann hatte *Jupp* einen Einfall. Jedes Mal, wenn er nun für seinen Herrn Wein ausliefern musste – und dies war jeden Tag der Fall – lief er durch die Weinberge und machte am höchsten Punkt oberhalb der Felsschlucht Halt. Dort oben gehörte die Welt ihm ganz alleine.

»Welch' wundervoller Ort, um nach einem Trompetenständchen eine kleine Mahlzeit zu sich zu nehmen«, dachte er.

Hier oben, alleine auf seinem Karren inmitten der Weinreben, erfreute er sich daran, die Natur mit allen Sinnen zu erleben. Die Melodien, die er spielte, waren so sanft, dass das anwesende gefiederte Publikum weit davon entfernt schien, die Flucht zu ergreifen, sondern vielmehr auf eine Zugabe wartete.

Eines Tages, als er mit seiner Weinauslieferung schon etwas in Zeitverzug geraten und gerade dabei war, sein Instrument zu verstauen, erblickte er mitten in den Weinbergen einen jungen Mann, der auf ihn zukam.

»Wo mag er herkommen?«, fragte er sich, als er sah, wie jener die Weinfelder durchquerte. Und welch' seltsame Aufmachung!

Tatsächlich trug der Mann, der sich näherte, Kleidungsstücke, die aus einer anderen Zeit zu sein schienen. Ein sonderbarer Gehrock, der hundertfach zusammengeflickt war, diente ihm als Mantel. Was den Zylinder auf seinem Kopf anbetraf, so war er kaum mehr als solcher zu erkennen, derart hatte er an Höhe und Form verloren. Der Mann zog an einem zerrissenen Lederriemen einen großen Holzkasten hinter sich her, sein einziges Gepäckstück.

Als er in *Jupps* Reichweite kam, forderte ihn der Mann auf, anstelle eines Willkommensgrußes eine Melodie, die Ähnlichkeit mit ihm habe, für ihn zu spielen. Der brave *Jupp*, überrascht, aber auch geschmeichelt, dass ihn endlich jemand bat, seine Musik vorzuspielen, gehorchte. Die einzige Melodie, die ihm jedoch in den Sinn kam – und er wusste nicht warum – war „Fausts Verdammnis" von Berlioz. Der junge Mann lauschte einigen Tönen, die aus der Trompete kamen, dann machte er brüsk ein Zeichen, damit aufzuhören, unter dem Vorwand, dass ihm diese Musik Unbehagen bereite. So begann *Jupp*, seine Trompete erneut zu verstauen. Plötzlich vernahm er die Töne einer Geige, die gestimmt wurde. Er blickte auf und sah, dass sein Besucher ansetzte, auf einer kleinen Violine zu spielen. Diese befand sich in einem ähnlich erbärmlichen Zustand wie sein Besitzer. Die Melodie, die dem Instrument entwich, war so tieftraurig, dass ihm sofort die Tränen in die Augen stiegen. Da brach der Besucher jäh sein Spiel ab.

»Das ist es, was du bei meinem Anblick hättest spielen sollen!«, rief er ihm in einem vorwurfsvollen Ton zu.

Jupp versuchte, in den Augen des jungen Mannes zu lesen. Was er dort sah, erfüllte ihn mit Hoffnungslosigkeit und Kummer. Niemals würde er das notwendige Talent besitzen, das zu vertonen, was dieser Mann fühlte. Nun war es an *Jupp*, sich unbehaglich zu fühlen. In einem Anflug von Barmherzigkeit oder Mitleid bot er an, seine magere Mahlzeit mit ihm zu teilen. Dieses Mal reagierte der Besucher freundlicher, lehnte das Angebot jedoch ab. Aber *Jupp*, der wohl bemerkt hatte, dass der Violinenspieler nicht alle Tage satt zu essen hatte, blieb beharrlich und so gab der andere nach.

Jupp bot seinem Gast, der dies sichtlich zu schätzen wusste, etwas Käse und Brot an. Dieser schwor, niemals habe er etwas so Gutes gegessen. Und während sie aßen, begannen sie, sich wie zwei alte Freunde zu unterhalten. *Jupp* erzählte ihm, dass er später einmal einen eigenen Weinberg haben werde und gleichzeitig damit weitermache, zu musizieren – und sei es nur, um den Leuten im Dorf zu beweisen, dass er nicht verrückt sei. Was seinen Gast anging, so war dieser weniger gesprächig. Die Zukunft, die sich vor ihm abzeichne, sei ungewiss, sagte er. Und wozu diene eine Zukunft, wenn man das Schicksal habe, das ganze Leben lang unglücklich zu sein. *Jupp* wollte gerne die Stimmung seines Freundes aufhellen, doch alle

Argumente, die er fand, entfalteten keine Wirkung. Dann kam ihm eine Idee!

Er schlug seinem Freund folgendes vor: Da dieser ja das nötige Talent besitze, die tiefsten Gefühle mit seinem Instrument auszudrücken, solle er seinen Wein kosten und danach spielen, was er empfinde. Der Mann fand diese Idee verrückt, dennoch nahm er die Herausforderung an.

Jupp öffnete auf gut Glück eine Kiste, die sich auf dem Karren befand, und zog eine Flasche Weißwein hervor, die er entkorkte. Er nahm einen kräftigen Schluck, dann reichte er die Flasche an seinen Freund weiter. Bedächtig trank der junge Mann einige Schlucke. Mit jedem Zug schien etwas Wunderbares in ihm zum Leben zu erwachen. Im Handumdrehen war die Flasche geleert. Daraufhin nahm der Mann seine Geige und begann eine leichte, fröhliche Melodie zu spielen, während er am Rand der Felsschlucht dazu tanzte.

Jupp war zufrieden. Zur Belohnung flickte er mit seinem Werkzeug, das er immer bei sich trug, den Lederriemen des Kastens. Da zog der junge Mann aus seinem Gehrock eine Kupfermünze hervor und warf sie ihm zu.

»Aber ich glaubte dich ohne einen einzigen Groschen! Hast du gestohlen?«, fragte *Jupp* beunruhigt.

»Stehlen? Ich? Niemals! Dieses Geld wurde mir gegeben, um einen Traum zu erfüllen«, antwortete der Mann. Dabei ließ sein Gesicht keinen Zweifel an seiner Aufrichtigkeit zu. »Ich bestehe darauf, dir diese Flasche zu bezahlen.«

Jupp ließ die Münze in seine Tasche gleiten, da er seinen Freund nicht kränken wollte. Dann öffnete er eine neue Flasche. Diesmal hatte der Wein einen dunkelroten Farbton. Wie beim letzten Mal trank der junge Mann einige Schlucke, um all die Emotionen des Weins gut zu spüren, bis er dann vor lauter Probieren und Schmecken die Flasche schließlich ganz leerte. Jetzt waren die Töne, die er spielte, dunkel und voller Würze. Und um die Schwere des Aromas zu verdeutlichen, stampfte er zu *Jupps* großem Vergnügen wie ein Elefant mit dem Fuß auf den Boden auf.

Nach gut zehn Minuten Musik und Gelächter hörte der junge Mann auf zu spielen. Die Sonne stand noch hoch am Himmel, und der Wein tat sein übriges dazu, dass sich ihm der Kopf drehte. *Jupp* stellte zufrieden fest, dass sein Freund Gefallen daran fand, Musik zu spielen und seinen Wein zu genießen.

Diesmal warf ihm der junge Mann eine Silbermünze zu.

»Dieses Geldstück habe ich gewonnen, weil durch mich jemand dem Glück begegnet ist!«

Erneut ließ *Jupp* die Münze in seine Tasche gleiten. Doch er schwor sich, einen Weg zu finden, um seinem Freund das Geld zurückzugeben, ohne diesen jedoch damit zu kränken.

Nun zeigte ihm der junge Mann ein Goldstück, das er sofort wieder in seinen Geldbeutel zurücksteckte.

»Dies sind meine ganzen Reichtümer, Jupp! Diese Goldmünze hier habe ich mir verdient, als ich einen Wunsch wahr werden lassen wollte. Doch es hat nicht funktioniert. Sie gehört dir und wird dir deinen sehnlichsten Wunsch erfüllen, wenn du für mich einen Wein findest, der gleichzeitig zwei unterschiedliche Emotionen ausdrückt.«

Jupp forschte in seinem Karren unter all den Weinkisten nach der Flasche, die so etwas hervorbringen könnte. Doch eigentlich wusste er selbst nicht wirklich genau, was er suchte. Dann öffnete er eine dritte Flasche… Wieder war es ein Rotwein, doch diesmal mit leichtem und süßem Aroma. *Jupp* war der Meinung, er habe gefunden, was er suchte.

Sein Freund schien nicht derselben Ansicht zu sein und wettete, ein solcher Wein existiere ganz sicher nicht. Er hatte sich bereits seinen großen Kasten umgehängt und war ganz offensichtlich dabei, sich wieder auf den Weg zu machen.

»Das Spiel ist noch nicht zu Ende«, rief ihm *Jupp* zu, während er ihm die Flasche reichte.

Der junge Mann schaute erst auf ihn, dann auf die Flasche. Nach einigen Sekunden des Zögerns ergriff er die Flasche und trank langsam deren Inhalt, bis sie halb leer war.

»Ich spiele nie zwei Gefühle gleichzeitig! Daher trinke ich die andere Hälfte danach…«

Der junge Mann nahm seine Geige wieder zur Hand und es ertönte eine fröhliche und leichte Weise. Es hörte sich an, als spiele er den Frühling. Er tanzte, tanzte und tanzte mit leichten Schritten und einem Lächeln auf dem Gesicht.

»Bravo Jupp! Du hast es gefunden!«, rief er und fuhr damit fort, am Rand der Felsschlucht zu tanzen.

Doch der Kasten, den er an der Seite trug, war viel zu schwer und brachte ihn aus dem Gleichgewicht. Sein Fuß trat ins Leere… Die Musik brach ab.

Sie waren am Rand der Felsschlucht zu unvorsichtig gewesen – und dies wurde ihm nun zum Verhängnis.

Jupp rannte wie ein Verrückter den Hügel hinunter, in der Hoffnung, seinen Freund lebend zu finden. Als er jedoch am Fuße der Schlucht ankam, waren die Trümmer der Violine und eine Goldmünze das einzige, was er fand. Von seinem

Freund fehlte jede Spur... Und er kannte nicht einmal seinen Namen.

Niedergeschlagen und traurig wie er war, hatte *Jupp* nicht den Mut, die angebrochene Flasche zu leeren. Er redete sich sogar ein, dass sein Freund eines Tages zurückkommen werde und er ihm die Geldstücke zurückgeben könne.

Zehn Jahre vergingen und *Jupp* erfüllte sich seinen Traum. Er eröffnete einen Verkaufsstand und empfing seine Besucher weiterhin mit beschwingten Tönen, die Ähnlichkeit mit ihnen hatten. Die Zeit war nicht günstig für Geschäfte, doch *Jupp* blieb voller Hoffnung und guter Laune. Eines Tages kam ein ganz in Schwarz gekleideter Mann an seinem Stand vorbei. Anfangs dachte er, es handele sich um einen Gläubiger. Fast wollte er ihn schon mit der Melodie eines Trauermarsches willkommen heißen, doch alles, was ihm in den Sinn kam, war Berlioz. Und dies, obwohl er seit jenem unheilvollen Tag nie wieder Berlioz hatte spielen wollen.

Der Mann setzte sich an einen Tisch und *Jupp* ging zu ihm.

»Erinnerst du dich an mich, mein Freund?«, sprach der Gast mit einer Stimme, die einem das Blut in den Adern gefrieren ließ.

Jupp betrachtete ihn genauer und schaute ihm aufmerksam in die Augen. Ohne jeglichen Zweifel hatte der Mann mehr als tausend Schlachten geschlagen. In seinem Innern funkelte nicht mehr das geringste Gefühl. Dennoch erkannte er ihn wieder.

»Ich bin gekommen, um die Flasche zu leeren, die wir zusammen vor zehn Jahren geöffnet haben.«

Jupp verschwand hastig im Keller und kam sogleich mit einer verstaubten Flasche in der Hand zurück.

»Ich habe sie für dich aufbewahrt... Doch jetzt ist der Wein sicherlich verdorben!«

»Egal, ich habe dir damals ein Versprechen gegeben. Und meine Versprechen halte ich immer.«

Der Mann öffnete die Flasche. In einem Zug trank er den Rest des ungenießbar gewordenen Weins, ohne dabei das Gesicht zu verziehen und ohne jegliche Gefühlsregung.

Da schob *Jupp* sachte die drei Münzen über den Tisch, die er all die Jahre sorgfältig aufbewahrt hatte.

»Ich habe sie für dich aufgehoben!«

»Sie gehören dir!«, antwortete ihm sein Gast, ohne dabei aufzuschauen.

»Nein! Sie sind für dich von viel zu großem Wert. Dies habe ich damals sehr gut verstanden. Daher kann ich sie nicht annehmen!«

»Dabei wären sie für dich von hohem Nutzen in diesen Zeiten. Du hast nicht wenige Schulden...«

»Ich habe immer noch meine Musik, um etwas Geld zu verdienen!«, erwiderte ihm *Jupp*.

Der Mann sammelte behutsam die Münzen ein und ließ eine nach der anderen in eine kleine Geldbörse gleiten.

Dann erhob er sich ohne jedes Wort.

»Warte! Geh nicht!«

»Ich kann nicht bleiben. Ich gehöre nicht an diesen Ort...«

»Lass mich dir wenigstens ein wenig von meinem Wein anbieten... Es ist meine ganz persönliche Cuvée. Ich bin sicher, dass du begeistert sein wirst... Außerdem möchte ich nicht, dass man von mir sagt, ich serviere Fremden meine schlechteste Flasche Wein!«

Schweigend setzte sich der Mann wieder hin und *Jupp* füllte direkt aus einem Fass im Hof ein Glas Wein ab, das er seinem Gast reichte.

Der Mann bewunderte zunächst die Farbe. Dann schloss er die Augen, um die Aromen besser wahrnehmen zu können. Schließlich kostete er den Wein, den er lange ihm Mund behielt, bevor er ihn hinunterschluckte. Nach einer oder vielleicht sogar zwei Minuten öffnete er wieder die Augen.

»Ich danke dir...«

»Das ist alles? Das ist alles, wozu er dich inspiriert? Weißt du denn nicht, dass ich in diesen Wein mein ganzes Herz gelegt habe?«

Der Mann antwortete nicht und enttäuscht fragte *Jupp* nicht weiter nach.

Der Besucher erhob sich und ließ eine Silbermünze in das Weinglas fallen, die sich augenblicklich auflöste.

Der erstaunte *Jupp* wollte etwas sagen… Aber der Mann hatte sich bereits entfernt und war schon am Eingangsportal angekommen. Und dann, ohne sich umzudrehen, rief er ihm anstelle eines Abschiedsgrußes folgendes zu:

»*Jupp*, dein Wein ist eine wahrhaftige Melodie. Und eine derartige Musik verdient ohne Zweifel eine kleine Belohnung. Solange dieser Wein deinen Namen trägt, wird er dir Glück und Wohlstand bescheren.« Dann verschwand er spurlos.

Jupp erfuhr niemals den Namen seines Freundes und er sah ihn nie mehr wieder. Doch solltet ihr eines Tages an der Stadt Ahrweiler vorbeikommen und ihr begebt euch außerhalb der alten Stadtmauern auf die Suche nach einem Winzer oder einem guten Wein, so macht bei demjenigen Halt, der euch *Jupps Cuvée* zu kosten gibt. Eine sanfte Musik wird euren Gaumen erfassen...

~ 6 ~

Der Seeleneinhaucher

Da die Welt nun einmal so ist, wie sie ist, litt die Arbeit in der Hölle seit langer Zeit weder an einem Stillstand noch an irgendwie gearteten Pausen. Doch auch wenn seit Anbeginn der Zeit alles organisiert, zeitlich gemessen, eingeteilt und endlos optimiert wurde, gab es selbst hier unten keine Perfektion. Und da nicht immer alles wie geplant funktioniert, passierte, was passieren musste...

Es ist jetzt ein paar Jahrhunderte her, als eines Tages *Baalberith*, der Generalsekretär und Hüter der Höllenarchive, mit restlos verzagter Miene *Luzifer* aufsuchte.

»Mein Herr, ich habe euch schlechte Neuigkeiten zu verkünden!«

»Aber mein Freund, in der Hölle gibt es keine schlechten Neuigkeiten!«

Nun klingt es doch recht überraschend, dass man an einem solchen Ort etwas anderes als schlechte Nachrichten vernimmt. Doch da der Teufel zu scherzen weiß - denn der Teufel liebt es zuweilen, sich zu amüsieren – hielt er es für angebracht, eine Prise Humor einzustreuen, damit sich sein treuer Dämon wieder etwas beruhige. Dies jedoch hatte nicht die erhoffte Wirkung.

»Mein Herr, ich bin nicht zum Scherzen aufgelegt. Die Stunde hat geschlagen: Wir sind überfüllt!«

»Wie kann das sein, überfüllt? Seit vielen Jahrhunderten stelle ich massenhaft qualifiziertes Personal ein, und zusätzlich habe ich den Arbeitstakt erhöht. Es ist unmöglich! Wie jeder weiß, ist es schließlich der Teufel, der das Höllentempo und die Massenproduktion erfunden hat.«

»Natürlich, mein Herr. Aber die Welt hat sich verändert. Wir schaffen es kaum noch, die Seelen, die bei uns eintreffen, zu verwalten. Wir müssen sie deshalb lagern!«

»Sie lagern? Können wir sie nicht einfach für einige Zeit auf der Erde herumirren lassen?«

»Um ehrlich zu sein, dies tun wir bereits. Aber die Zahl ist zu groß. Wir riskieren, bei den Menschen Chaos zu verursachen, und…«

»Und die Verurteilungen zügiger erledigen, die Bußen beschleunigen, die Bestrafungen verkürzen? Haben wir das auch schon versucht?«

»Das kann nicht euer Ernst sein, mein Herr! Wir würden jegliche Glaubwürdigkeit verlieren!«

»Ja, da hast du Recht ... Wenn die Bestrafung verringert wird, macht das alles keinen Sinn mehr. Hinzu kommt, dass es auf der Erde schon genug lästige Geisterwesen gibt, die Dummheiten machen und Schaden anrichten. Ich glaube nicht, dass die Menschen hiervon noch mehr ertragen können ... Gibt es denn wirklich keine andere Lösung?«

»Nein, mein Herr. Wir müssen ein Mittel finden, wie wir die Seelen lagern, inventarisieren und klassifizieren können.«

»Sie klassifizieren?«

»Ja, wenn wir über die Menschenseelen den Urteilsspruch fällen, könnten wir sie dabei entsprechend ihrer Schwärze klassifizieren. So würden wir Zeit gewinnen!«

»Ach ja? Du willst sie von ganz schwarz bis weniger schwarz klassifizieren?«

»Genau das, mein Herr... Wir würden Zeit gewinnen und die Bestrafungen könnten danach einfacher automatisiert werden.«

»Aha! Die Idee ist zwar gut, mein Freund, aber ist dir nicht bewusst, dass es uns unmöglich sein wird, die Seelen in der Dunkelheit, die in unseren Kellern herrscht, zu unterscheiden?« *Baalberith* kam sich dumm vor. Er hatte zwar die Art und Weise der Klassifizierung gut durchdacht, doch selbst unzählige Nuancen von schwarz ergeben im Dunkel der Hölle immer nur ein und dieselbe Farbe: schwarz!

»Mach dir keine Sorgen, mein Freund, ich werde darüber nachdenken und wie immer eine Lösung finden«, sprach *Luzifer*, und er lächelte dabei wie ein Kind.

Der Teufel verbrachte sieben Nächte und sieben Tage damit, nachzudenken und sich den Kopf zu zerbrechen. Doch er fand nicht eine einzige zufriedenstellende Lösung. Als der Morgen des achten Tages anbrach, traf er die Entscheidung, bei den Menschen nach einer Inspiration zu suchen. Er beschloss, nach England zu reisen, und zwar in das Zeitalter der beginnenden industriellen Revolution.

Nailsea, eine kleine Stadt in der Nähe von Bristol, die seit der Römerzeit bekannt war für ihre Minen, schien ihm der perfekte Ort zu sein. So nahm er die Gestalt eines jungen Fabrikarbeiters an und schlug den Weg Richtung Stadt ein. Doch kaum hatte er einen Fuß auf die Straße gesetzt, preschte mit hohem Tempo eine große, schwarze Kutsche, die von vier Pferden gezogen wurde, an ihm vorbei. Er wäre fast von ihr überfahren worden, hätte ihn nicht genau im richtigen Moment ein junger Mann zurückgerissen.

Etwas überrumpelt, doch gleichwohl gerettet, wollte sich der Teufel diesem Menschen gegenüber erkenntlich zeigen. Doch kurz darauf besann er sich, denn es war eine andere findige Idee in ihm aufgekeimt. Es gab ein gewisses Etwas, das ihn neugierig machte: Trotz seiner einfachen Arbeiterkleidung entstammte der junge Mann ohne Zweifel einer guten Familie, und seine Seele schien rein zu sein. Allerdings ging von ihm ein kaum wahrnehmbarer Brennofen-Geruch aus, den nur ein Wesen aus der Finsternis wittern konnte. Die Neugier des Teufels war nun endgültig geweckt. Er dankte ihm daher sehr freundlich und versicherte, dass seine Tat belohnt werde. Der junge Mann antwortete ihm liebenswürdig, dass es ihm schon genug Lohn sei, sein Leben gerettet zu haben. Als Gegenleistung erwarte er nichts anderes als seine Freundschaft. Welch' günstiger Moment!

Auf der gemeinsamen Wegstrecke Richtung Nailsea begann der Teufel, seinen neuen Freund geschickt auszufragen. Dieser hieß *John Robert Lucas* und hungerte danach, Erfolg im Leben zu haben, was ihn in den Augen von *Luzifer* noch sympathischer machte. Er war Arbeiter in einer Glasfabrik und von Beruf Glasbläser. Der Teufel kannte zwar Brennöfen mehr als gut, aber es überstieg seine Vorstellungskraft, dass man darin Glas herstellen könnte. Noch weniger konnte er sich ausmalen, dass es Menschen gibt, die Glas blasen. So fragte er seinen Freund, ob es möglich sei, ihm seine Kunst vorzuführen. *John Robert Lucas* fühlte sich geschmeichelt angesichts dieser Bitte. Er willigte ein und ging sogar so weit, anzudeuten, dass es möglicherweise einen Platz für seinen Begleiter in dieser Fabrik geben könne. Als sie nach Einbruch der Dunkelheit in der Stadt ankamen, teilten sich ihre Wege. Der Teufel hatte *Johns* Vorschlag, ihn zu beherbergen, mit dem Vorwand abgelehnt, er habe zu tun. Er wollte nicht zugeben müssen, welches Unbehagen ihm so viel Güte bereitete. Aber sie verabredeten, dass *Luzifer* am darauffolgenden Tag um acht Uhr zur Glasfabrik kommen werde.

Am nächsten Morgen war der Teufel pünktlich zur Stelle. Voller Begeisterung stand er vor den Öfen, deren ausströmende Hitze ihn an seine eigene Welt erinnerte. Dann zeigte ihm *John* seine Arbeit, und *Luzifer* blieb vor Staunen der Mund offen stehen.

Zunächst wurde in einen Schmelztiegel flüssiges Glas gefüllt, das strahlend glänzte. Dann tunkte *John* einen langen metallischen Stab hinein und zog damit eine große elastische, glühend heiße Kugel heraus, mit der er einige Zeit spielte, bevor er sie wieder eintauchte. *John* bearbeitete das Glas, er formte es, verformte es und zog es auseinander…

Der Teufel ließ sich nichts von alledem entgehen. Und als *John* schließlich damit begann, das Glas am Ende des Stabes zu blasen und daraus einen Gegenstand zum Leben zu erwecken, war dies der Höhepunkt – und für *Luzifer* wie eine Offenbarung! Er brannte darauf, es seinem Freund gleichzutun, und verzehrte sich vor Aufregung. Eine Sache jedoch ließ ihm keine Ruhe. Warum wurde das Glas, wenn es erkaltet war, so glanzlos und trist, wo man doch im heißen Zustand unzählige Farben sehen konnte? *John* erklärte ihm, dass dies von den Materialien herrühre, die für die Fabrikation des Glases verwendet werden.

Da erinnerte sich der Teufel an die Diskussionen, die er einst mit *Merlin* hatte, der sein Schüler gewesen war und dem er die Grundlagen der Alchemie beigebracht hatte. Tatsächlich hatte *Merlin* anfangs einige Zeit in der Hölle zugebracht. Doch dies ist eine andere Geschichte.

Luzifer kam daher eine Idee. Er bat seinen Freund, zwei Kugeln zu formen, jedoch zuvor in das Glas ein wenig metallisches Puder, das er aus seiner Tasche hervorgeholt hatte, zu mischen. *John* war verdutzt, dennoch lehnte er diese sonderbare Bitte nicht ab. Schließlich kann man dem Teufel nichts abschlagen!

Als nun das Gemisch hergestellt war, ergriff *John* den Metallstab und begann mit einer derartigen

Geschicklichkeit und Fingerfertigkeit so lange mit dem Glas zu spielen, bis zwei prachtvolle Kugeln entstanden. Diese waren so perfekt, dass man glauben konnte, sie seien ein Werk des Himmels. Als sie erkaltet waren, konnte man die herrlichsten, funkelnden Glaskugeln bewundern, die jemals zuvor ein Mensch erblickt hatte. Der Teufel war sehr beeindruckt von den Fähigkeiten seines Freundes. Von der grün-blauen Farbe der Kugeln ging ein solcher Zauber aus, dass niemand der Versuchung widerstehen konnte, sie zu berühren. Auch *John* wollte dies tun, doch er wurde vom Teufel brüsk daran gehindert. Er warnte ihn, dass niemand sich ihnen nähern dürfe, egal was auch passiere; sonst werde es demjenigen leid tun. Dies waren ganz offensichtlich nicht nur leere Worte. Der Teufel bedeckte die beiden Kugeln mit einem großen Tuch und nahm seinem Freund *John* das Versprechen ab, über sie zu wachen. Er versprach im Gegenzug, dass er ihm, wenn dies gelänge, das Geheimnis des Puders verraten werde. Allerdings waren unter den Fabrikarbeitern bereits Gerüchte im Umlauf. Und da der Mensch nun einmal ist, wie er ist, schlich sich während der Nacht eine Gestalt in das Atelier, um die prächtigen Kugeln zu stehlen. *John* war todmüde nach einem anstrengenden Arbeitstag und die Wärme der Brennöfen hatte ihn eingelullt. Er war schnell von einem so tiefen Schlaf übermannt worden, dass er von dem, was danach geschah, nichts mitbekam.

Die Gestalt hatte im hinteren Teil des Ateliers ein Fenster eingeschlagen und sich dadurch Zugang in das Innere des Raumes verschafft. Durch die dunkle Kleidung, die sie trug, konnte man bis auf das Weiß ihrer Augen nichts von ihr erkennen. Geschmeidig wie eine Katze glitt sie lautlos über den Boden. Ohne Zweifel handelte es sich nicht um einen Amateur. Als sie *John* erreichte, der fest schlief, verzog sich plötzlich eine Wolke, die den Mond verdeckt hatte – und für einen kurzen Moment konnte man die ganze Silhouette der Gestalt erkennen. Sie näherte sich *John* mit einem Messer in der Hand. *John* schlief immer noch so tief, dass die Gestalt sich in dem Glauben, dass er nicht aufwachen werde, wieder von ihm abwandte. Sie bewegte sich nun in Richtung des Tisches, auf dem sich die beiden Kugeln befanden. Dann fasste sie mit einer Hand nach dem Tuch und hob dieses hoch. Was darunter zum Vorschein kam, war von einer solchen Schönheit, dass die Gestalt der Versuchung nicht widerstehen konnte, eine der Kugeln zu berühren. Da begann diese plötzlich, mit einer solchen Kraft zu strahlen, dass niemand mehr hätte sagen können, wo er sich gerade befand. Dann war alles mit einem Schlag vorbei – und die Gestalt war verschwunden!

Um sechs Uhr am Morgen, noch bevor der Arbeiterstrom ankam, erschien der Teufel. Äußerst unzufrieden weckte er seinen Freund, der immer noch vor sich hindöste. *Luzifer* schwor, dass jemand sein Werk berührt habe. *John* versicherte ihm, dass niemand da gewesen sei – sonst wäre er aufgewacht. Im übrigen seien die Kugeln immer noch unter der Decke zu erkennen. Voller Skepsis zog der Teufel mit einer heftigen Bewegung das Tuch zur Seite. Neben den beiden Kugeln kam der vollkommen erstarrte Körper eines Mannes zum Vorschein, dessen Hand auf einer der Kugeln lag. *John* war wie versteinert, ganz im Gegensatz zu *Luzifer*, der sehr erfreut schien angesichts dieser Entdeckung. Im Inneren der Kugel, die der Dieb berührte, befand sich jetzt etwas Leuchtendes, das sich bewegte und hinauswollte. *John* verlangte eine Erklärung. Nach einigem Zögern forderte ihn der Teufel auf, durch das Glas zu schauen. Was er dort sehe, werde all seine Fragen beantworten. *John* näherte sich der Kugel, und was er dort erblickte, verstörte ihn zutiefst. Schockiert wiederholte er ohne Unterlass „witch balls", „witch balls"… Für ihn handelte es sich ohne jeglichen Zweifel um Hexerei. *John* war derart bestürzt, dass er erklärte, er wolle seine Kunst aufgeben, damit niemals wieder jemand durch ihn zu Schaden komme. Dies machte den Teufel betroffen, und er wollte sich entschuldigen.

Für gewöhnlich mag es der Teufel nicht, sich zu entschuldigen. Aber heute schien alles möglich, so glücklich war er! Er näherte sich *John* und flüsterte ihm lange etwas ins Ohr. Danach holte *Luzifer* aus einer Tasche ein Säckchen, das mit metallischem Pulver gefüllt war, und übergab es *John*. Dann ergriff er die Kugel, die die Seele des Diebes enthielt, und löste sich in Luft auf. Die andere Kugel blieb bei *John* zurück.

Was der Teufel *John* an jenem Tag ins Ohr geflüstert hat, blieb für immer ein Geheimnis. Sicher ist hingegen, dass *John Robert Lucas* niemals mit der Kunst der Glasbläserei aufhörte. Er wurde sogar Besitzer einer eigenen Manufaktur. In allen vier Ecken Englands verbreiteten sich die wunderschönen bunten Glaskugeln. Manche nannten sie „witch balls" oder „watch balls" und sie galten als Schutz vor bösen Geistern, andere schmückten mit ihnen sogar ihre Weihnachtsbäume.

Was *Luzifer* anbetraf, so kehrte er niemals wieder nach Nailsea zurück. Es ist nichts darüber bekannt, was er mit seiner Kugel gemacht hat. Indes, ich habe da eine Idee... Ihr auch?

~ 7 ~
# Das Chronometer

Die Verantwortung zu tragen über die Feuer in der Hölle, die Bestrafungen und so manch' andere Dinge, ist eine anstrengende und zuweilen auch recht undankbare Aufgabe. So wie jeder andere verspürte auch *Luzifer* das Bedürfnis, ab und zu ein wenig zu verschnaufen und seiner Arbeit zu entrinnen… Man muss hierzu wissen, dass er der Einzige in der Hölle ist, der hierzu die Befugnis hat – und diese Chance ließ er sich nicht entgehen. Freilich ist die Auswahl der möglichen Ziele nicht sehr groß. Ausgeschlossen, nach „ganz oben" an diesen Ort zu gehen, wo alles so hell, seidenweich und ruhig ist. Diesen Kontrast könnte er einfach nicht ertragen, auch wenn dies eine echte Abwechslung für ihn bedeutet hätte. Doch da er dort ohnehin nicht willkommen ist, stellt sich diese Frage erst gar nicht. Ihm bleibt nur die Erde, auch wenn er es lange Zeit verabscheut hatte, sich dort aufzuhalten. Schon während seiner Schulzeit waren die von den Lehrern erzwungenen Ausflüge zu den Menschen für ihn nur schwer erträglich. Doch dank dieser Exkursionen und mit zunehmender Erfahrung hatte er die Eigenheiten der Menschen mit ihren guten und schlechten Seiten immer besser kennengelernt. Vor allem ihre schlechten Seiten, denn die guten sind bei ihnen bekanntlich recht rar gesät.

Seit einigen Jahren – oder richtiger gesagt seit hunderten von Jahren – trug *Luzifer* immer ein prächtiges goldenes Chronometer mit sich, von dem er sich niemals trennte. Es handelte sich um eine Art Taschenuhr, die ihm die Uhrzeit und die Längen- und Breitengrade anzeigte. Sie konnte die Zeit, die er auf der Erde verbrachte, messen und vor allem mit hoher Präzision Datum und Ort seiner Reisen festlegen. In die Hölle zurückzukehren, war für ihn nie ein Problem, da die Ewigkeit sich ohnehin nicht messen lässt. Doch auf der Erde umherzureisen oder überhaupt erst auf der Erde anzukommen, konnte ohne das Chronometer in einer Katastrophe enden.

Dieses Chronometer hatte er in unendlicher Geduld selbst konstruiert. Die Idee hierzu war ihm nach der Rückkehr von einer seiner Reisen auf die Erde im XVIII. Jahrhundert gekommen, nach einer ungemein faszinierenden Begegnung mit einem gewissen *John Harrison*. Dieser hatte zu jener Zeit gerade ein Chronometer für die Seefahrt erfunden. Seither liebte es *Luzifer*, häufig in diese Epoche zurückzukehren, wo so viel Spannendes auf der Erde vor sich ging.

Dieses Mal hatte er Lust, den Zufall entscheiden zu lassen... Nun ja, nicht ganz – denn der Teufel liebt die Präzision. Daher wählte er als Zielort Grenoble in Frankreich, und überließ es dem Chronometer selbst, die Straße und das Datum im XVIII. Jahrhundert zu bestimmen. Während er die Aufziehvorrichtung betätigte, kam ihm plötzlich ein Geistesblitz. Das letzte Mal, als er das Chronometer den Zielort selbst hatte bestimmen lassen, hätte nicht viel gefehlt und er wäre von einer Kutsche überfahren worden. In letzter Sekunde war er damals von einem Mann gerettet worden. Doch verflixt! Es war zu spät. Die Reise hatte bereits begonnen...

Das Wetter zeigte sich von seiner schönsten Seite an diesem Sonntag im Jahre 1727. Nicht eine Wolke am Horizont und was für ein strahlend blauer Himmel, dachte *Luzifer*, als er an der Ecke der *Rue Brocherie* auftauchte. Und diesmal war weit und breit keine Kutsche zu sehen, von der Gefahr drohte! Doch der Teufel hatte sich zu früh gefreut. Ein eilig dahinschreitender junger Mann, vollkommen in Gedanken versunken und die Arme voller Gerümpel, lief mit ganzer Wucht gegen ihn. Pardauz! Der Stoß war so stark, dass der Teufel sich auf dem Boden wiederfand, inmitten eines Sammelsuriums von Holz- und Metallteilen, deren Nutzen er sich nicht erklären konnte. *Luzifer* war bereits mehr als verstimmt darüber, dass seine Ankunft wieder einmal unheilvoll begann. Doch was sollte man erst sagen, als er in all diesem Durcheinander die zerstörten Einzelteile seines prachtvollen Chronometers entdeckte... Ein nie gekannter Zorn wallte in ihm auf! Jäh überkam ihn eine unbändige Lust, gleich die ganze Stadt abzufackeln. Es hätte nicht viel gefehlt und er hätte den jungen Mann augenblicklich zu Asche zerfallen lassen. Dieser brach indessen in Tränen aus, als er die Trümmer des Chronometers erblickte. *Luzifer* wurde dadurch aus der Fassung gebracht. Der junge Mann begann akribisch und mit großer Sorgfalt, Stück für Stück alle Teile des kostbaren Chronometers aufzusammeln. Zwischen zwei lauten Schluchzern stieß er Begeisterungsrufe aus, niemals in seinem Leben habe er eine solch schöne Arbeit gesehen. Der Teufel war geschmeichelt. 666 Jahre hatte er nur damit verbracht, den Mechanismus zu ersinnen und weitere 333 Jahre, um ihn zu realisieren. Der junge Mann erging sich in Entschuldigungen und versicherte, sollte er ihm die Ehre erweisen, ihm dieses Kunstwerk anzuvertrauen, so sei er in der Lage, es wieder zu reparieren. *Luzifer* hatte so seine Zweifel. Wie konnte dieser Mann etwas reparieren, das ihn selbst fast 1000 Jahre gekostet hatte, um es zu erschaffen? Doch nach einem kurzen Moment des Überlegens sagte sich der Teufel, dass er bei dieser Sache nichts zu verlieren habe. Entweder würde der junge Mann erfolgreich sein und er müsste ihn nur dafür belohnen. Oder er scheiterte und dann würde er ihn, so wahr er hier stand, für die nächsten 100 Jahre zu seiner Marionette machen. Was auch immer geschah, es würde unterhaltsam sein. So richtete der Teufel sein Wort an den jungen Mann und unterbreitete ihm folgenden Vorschlag: »Nimm dir alles, was du benötigst, um mein Chronometer zu reparieren. Misslingt dir diese Aufgabe, wirst du die Folgen zu tragen haben und musst mich entschädigen. Wenn du aber Erfolg hast, werde ich dich gebührend belohnen. Doch sei auf der Hut: Sollte es dir in den Sinn kommen, mich zu täuschen oder zu bestehlen, dann mache ich dir die Hölle heiß! Die Bestrafung, die dich dann erwartet, wird schrecklicher sein als die schlimmste aller Bestrafungen, die auf Erden existiert. Und nun geh! Ich bleibe diese Woche in der Herberge „*Logis de la Tour*". Suche mich dort in fünf Tagen auf – oder ich werde dich meinerseits aufspüren und Mittel und Wege finden, dass du deinen Teil des Vertrages einhältst!« Damit alles seine

Ordnung hatte, holte *Luzifer* ein Blatt Papier und eine Feder aus seiner Reisetasche und legte den Wortlaut der Vereinbarung schriftlich nieder. Er unterzeichnete mit einem erfundenen Namen als „Comte de Mephisto", während der junge Mann mit „Jacques de Vaucanson" unterschrieb.

Als der junge *Jacques de Vaucanson* nun seine Unterschrift unter den Vertrag gesetzt hatte, fragte ihn *Luzifer*, was er mit all seinem Gerümpel denn eigentlich vorhabe. *Jacques* antwortete, dass er zu Ehren des kirchlichen Generalinspekteurs, der an diesem Abend zum Essen in der Abtei verweile, eine Maschine erfunden habe, eine Art kleine Seilbahn, die Servierplatten transportieren und den Gast bedienen könne. »Was für eine Schnapsidee!«, dachte der Teufel bei sich. Und doch – diese Maschine zu sehen, weckte seine Neugier. Er sagte sich, dass er auf diese Weise am Abend dann auch gleich sehen könne, was sich rund um die Abtei so alles abspielte.

Der Abend kam... *Luzifer* konnte sich nicht so einfach an den Tisch des Inspekteurs setzen, selbst wenn er dazu die Macht gehabt hätte. Deshalb verwandelte er sich in die Gestalt einer kleinen Maus und konnte so von einem Loch in der Mauer aus den gesamten Schauplatz überblicken.

Der junge *Jacques* hatte tatsächlich das umgesetzt, wovon er am Vormittag erzählt hatte. Eine kleine Seilbahn transportierte Speiseplatten in Richtung eines äußerst kräftigen, wohlgenährten Mannes. Dieser war prächtig gekleidet und unübersehbar von grenzenloser Arroganz – es handelte sich ohne Zweifel um den Generalinspekteur der Kirche. »Du bist mein zukünftiger Mieter«, dachte der Teufel. Sein Blick fiel wieder auf die Maschine, bei der es offensichtlich ein Problem gab: Sie schien sehr instabil und war wohl in großer Hast zusammengebaut worden. Während nach und nach die vornehmlich leichten Vorspeisen serviert wurden, verlief alles nach Plan. Doch was würde beim Servieren des Hauptgangs passieren, der gerade als „Gebratenes Hähnchen in feiner Rotweinsauce" angekündigt wurde? Die Maus schlich sich an der Wand näher heran, um das Schauspiel besser betrachten zu können. Der junge *Jacques* lud die Speiseplatte in die kleine Gondel, dann drehte er an einer Kurbel, um sie in Gang zu setzen. Doch kaum eine Minute später brach der Stützträger in sich zusammen – und die Speiseplatte beendete ihre Reise auf dem Kopf des Inspekteurs. Dieser schrie, über und über von Sauce bedeckt, man möge diese Teufelsmaschine den Flammen übergeben. Und man solle nicht vergessen, den Erfinder der Maschine hinterherzuwerfen!

So kam es, dass die Werkstatt des jungen Mannes dem Erdboden gleichgemacht wurde. Man wies ihn an, er solle sich seriöseren Dingen widmen, wenn er sein Gelübde im Orden ablegen wolle. Doch *Jacques* Leidenschaft für mechanische Dinge war stärker. Daher beschloss er, den Orden zu verlassen.

Während der gesamten Woche ging der Teufel weiterhin seinen Geschäften nach, ohne sich um den jungen Mann zu kümmern. Dennoch wartete er jeden Tag auf dessen Erscheinen. Als der Freitag kam, begab sich der junge *Jacques* zur Herberge und fragte dort nach dem *Comte de Mephisto*, so wie es im Vertrag geschrieben stand. *Luzifer* saß an einem Tisch in der finstersten Ecke des Gasthauses und genoss gerade in Seelenruhe die Spezialität des Hauses. Als er die schuldbewusste Miene von *Jacques* sah, wusste *Luzifer* sofort, dass der junge Mann mit seiner Aufgabe gescheitert war. Trotz allem war er von seinem Mut beeindruckt. Und aus diesem Grund würde er die Bestrafung, die er für *Jacques* vorgesehen hatte, etwas milder ausfallen lassen – denn bekanntlich erhält vom Teufel jeder seine gerechte Strafe. Umso erstaunter war *Luzifer*, als er plötzlich in den Händen seines Besuchers sein perfekt repariertes Chronometer entdeckte. Er untersuchte dieses an allen Ecken und Enden, um irgendeine Täuschung zu entdecken. Doch er fand rein gar nichts! Es handelte sich tatsächlich um sein Chronometer! *Luzifer* war tief beeindruckt – was erstaunlich ist, denn normalerweise lässt sich der Teufel nicht so leicht beeindrucken.

Der junge Mann wollte sich nun verabschieden. Er erklärte, er habe lediglich den von ihm verursachten Schaden wieder repariert. Dies verdiene nicht die geringste Belohnung, nicht einmal das Glas Wein, das *Luzifer* mit ihm teilen wollte. Doch der Teufel mag es nicht, abgewiesen zu werden - und so machte er einen neuen Vorschlag: »Da du mir ein anständiger Mensch zu sein scheinst, werde ich dir zur Belohnung drei deiner größten Wünsche erfüllen. Doch nimm dich in Acht! Du musst sie dir wirklich wünschen, sonst zählen sie nicht. Rufe mich dreimal mit laut erhobener Stimme – und ich werde vor dir erscheinen.«

Als der junge Mann diesen Vorschlag hörte, begann er zu lächeln. *Luzifer* begriff sofort, dass er ihm nicht ein Wort glaubte. Da tauchte er seinen Blick tief in die Augen von *Jacques de Vaucanson* und las in dessen Seele. »Ich sehe, dass es dein sehnlichster Wunsch ist, eine Maschine zu erschaffen, die das Abbild eines Menschen ist. Dies ist ein sehr ehrgeiziges Ziel! Hierfür muss man in Paris Mechanik und Anatomie studieren. Wie willst du das ohne einen Sou bewerkstelligen?«

Jacques de Vaucanson wusste hierauf nicht zu antworten. Entweder hatte der *Comte de Mephisto* Zauberkräfte oder er war ein gut informierter Mann – hatte er doch niemals irgendjemandem etwas von seinen Plänen erzählt! Der Teufel stellte nun einen riesigen Sack auf den Tisch, der randvoll mit Goldstücken gefüllt war. Diesen schob er in Richtung des jungen Mannes. »Betrachte dies als meinen Anteil an deinen Projekten«, sagte er. »Wenn du einwilligst, kostet dich dies deinen ersten Wunsch...« Kaum hatte *Jacques* seine Hand auf den Sack gelegt, war *Luzifer* bereits verschwunden.

Der Wunsch von *Jacques de Vaucanson* erfüllte sich tatsächlich einige Jahre später. Es war ihm gelungen, einen Automaten zu erschaffen, der in wahrer Perfektion einen Querflötenspieler imitierte. Aber alle seine Ersparnisse waren nun aufgebraucht und er sah sich gezwungen, sich seriöseren und lukrativeren Aufgaben zu widmen – auch wenn einige seiner seltsamen Erfindungen in der Öffentlichkeit durchaus einen erstaunlichen Erfolg gehabt hatten.

Es war seither einige Zeit ins Land gegangen. Den *Comte de Mephisto* hatte er längst vergessen.

Erneut vergingen die Jahre, bis *Jacques* vom französischen König, *Ludwig* XV., zum Chefinspekteur der königlichen Seidenmanufakturen ernannt wurde. Und so begab er sich an einem Montag im Jahre 1744 in die Seidenmanufaktur von Lyon, um dort den Aufbau neuer Maschinen zu überwachen. Er hatte damit gerechnet, von den dortigen Arbeitern einen warmherzigen, begeisterten Empfang zu erhalten. Doch genau das Gegenteil war der Fall! Die wutentbrannten Arbeiter, die fürchteten, nicht mehr von Nutzen zu sein und ihre Arbeit zu verlieren, empfingen ihn mit Flüchen und Steinwürfen, bevor sie ihn durch die Straßen und Gassen der Stadt jagten. *Jacques* rannte um sein Leben... Vollkommen außer Atem rettete er sich im letzten Moment in das Innere einer kleinen Kirche, wo er sich im Beichtstuhl versteckte. Dort begann er, über sein Unglück zu klagen, bis er schließlich die Beichte ablegte. Doch statt ein „Ave Maria" oder ein „Paternoster" als Buße zu ernten, fragte ihn der Priester, warum er ihn nicht schon früher gerufen habe. Hinter dem kleinen Fenster des Beichtstuhls erkannte *Jacques* nun den *Comte de Mephisto* wieder.

»Jacques! Du enttäuschst mich! Du hast mich vergessen, obwohl ich dir immer noch zwei deiner sehnlichsten Wünsche erfüllen kann«, raunte ihm der Teufel mit ungewöhnlich weicher Stimme zu. *Jacques de Vaucanson* rief verzweifelt aus, dass ihm nichts teurer sei, als sich weit weg von den Aufständischen in Sicherheit wiederzufinden. Da zog der Teufel die Kutte, die er trug, aus und übergab sie *Jacques* mit den Worten, dass er, sobald er sie trage, für alle anderen unsichtbar sein werde. So verließ *Jacques* als Priester verkleidet unbehelligt die Stadt. Auch sein zweiter Wunsch war nun aufgebraucht.

Jacques de Vaucanson widmete sich wieder seiner Arbeit und seinen Maschinen. Er fand sogar seine große Liebe in einer Frau namens *Magdelène*. Doch das Glück blieb Jacques nicht treu, und die Zeit mit seiner Liebe war nur von kurzer Dauer. Die junge Frau starb, als ihre kleine Tochter *Angelique* das Licht der Welt erblickte. Das Kind war ein kleiner Sonnenschein und verhinderte, dass *Jacques* in Bitterkeit und Einsamkeit versank. Er fand schließlich Trost darin, sich mit ganzer Seele seiner Tochter und seiner Arbeit zu widmen. Doch im Alter von sechs Jahren erkrankte das Kind schwer. Es wurde von heftigen Alpträumen heimgesucht, was selbst die Ärzte tief beunruhigte. Niemand konnte sich erklären, woher die Alpträume kamen. Da erinnerte sich der verzweifelte *Jacques*, der sich nicht mehr zu helfen wusste, an den Comte und seinen letzten noch verbliebenen Wunsch. So rief er eines Morgens mit lauter Stimme den *Comte de Mephisto*. Und wie von Zauberhand läutete dieser bereits eine Minute später an seiner Tür.

Jacques berichtete ihm von seinen Qualen und seiner Verzweiflung. Er vertraute ihm das Leben seiner Tochter an, fest überzeugt davon, dass nur der Comte noch in der Lage sei, sie zu retten. *Luzifer* war tief berührt. Im Allgemeinen riefen ihn die Menschen in ihrer Dummheit an, um alle Arten von Hexerei zu vollbringen, Böses oder Zerstörung zu bewirken. Dafür verkauften sie ihm sogar ihre Seelen. Doch niemals hatte er sich hierauf eingelassen, zu sehr widerte ihn dieses Verhalten an. Nun aber bat man ihn, jemanden zu retten – und daran war er nicht mehr gewöhnt, seit er verstoßen worden war. *Luzifer* überlegte einen Augenblick, dann bat er darum, mit dem Kind vier Nächte lang allein gelassen zu werden.

In der ersten Nacht wartete *Luzifer* ab, bis das kleine Mädchen eingeschlafen war. Dann beobachtete er das Kind, während es schlief. *Angelique* hatte zunächst Angst gehabt, einzuschlafen. Die Anwesenheit des Teufels, der an ihrem Bett wachte, hatte sie jedoch nach und nach ruhiger werden lassen. Schnell wurde *Luzifer* klar, dass ihre Krankheit von ihren quälenden Ängsten herrührte. Daher entschied *Luzifer*, in der zweiten Nacht ihre Träume zu besuchen. Am folgenden Abend glitt der Teufel in die Träume des kleinen Mädchens ... In der Mitte eines großen, sehr dunklen Saales bewegten sich mit grässlich quietschenden Geräuschen an den Wänden angekettete, furchterregende Maschinen, die halb Mensch, halb Tier waren. Weiter hinten wurde *Angelique* von einem Automaten mit roten Augen unverwandt angestarrt. Der Automat trug das Aussehen eines Mannes, doch gleichzeitig auch anmutige, weibliche Merkmale. Diese Zwitterhaftigkeit hatte eine sehr beunruhigende Wirkung. Dennoch schien das kleine Mädchen sich von dem Automaten seltsam angezogen zu fühlen. Vorsichtig ging es näher. Als es in dessen Reichweite kam, griff die Maschine plötzlich nach ihr, öffnete zähnefletschend einen riesigen Mund und war im Begriff, sie zu verschlingen… Schweißgebadet und tränenüberströmt wachte *Angelique* wieder auf. Da erinnerte sich *Luzifer* plötzlich an seine erste Liebe, die Puppe mit den langen schwarzen Haaren und den meerblauen Augen. Vor allem erinnerte er sich daran, wie er den grauenhaften Cousin bestraft hatte, indem er ihn in diesen fürchterlichen Alptraum hineinversetzte. Er begriff nun, dass es nur eine Möglichkeit gab: Den Alptraum von

Angelique in einen schönen Traum zu verwandeln. Nur so konnten ihre Qualen ein Ende finden. Doch dazu musste sie zunächst in einen ruhigen Schlaf fallen. Da kam ihm eine Idee.

Am dritten Tag bat *Luzifer Jacques*, ihm ein kleines, mit Sand gefülltes Säckchen zu besorgen, und zwar mit dem feinsten Sand, den er finden könne. *Jacques* leistete dem Folge, doch er wollte wissen, was der Comte herausgefunden habe. *Luzifer* erklärte ihm, dass sich der Gesundheitszustand seiner Tochter sehr bald bessern werde, ihre größte Angst jedoch von den Maschinen, die er erfinde, herrühre.

Jacques konnte sich nicht dazu durchringen, seine Maschinen zu zerstören. Doch um der Gesundheit seiner geliebten Tochter willen entschied er, sie sofort aus seinem Haus entfernen zu lassen. Noch am selben Tag ließ er alle Automaten zu einem Freund transportieren, in dem Gedanken, dass seine Erfindungen vielleicht eines Tages andere dazu inspirieren würden, sich für diese Mechanik zu begeistern. In der dritten Nacht legte *Luzifer* das Sandsäckchen ans Fußende des Bettes. Als das kleine Mädchen ihn fragte, was es mit dem Säckchen auf sich habe, antwortete der Teufel, dass der Sand darin etwas Magisches habe. Es reiche, ihn umherfliegen zu sehen und schon helfe er dabei, einzuschlafen. Dann nahm er eine Handvoll Sand und ließ ihn von einer in die andere Hand rieseln, während er ihn in die Richtung von *Angelique* pustete. Als der Sand *Angelique* erreicht hatte, schloss sie sofort die Augen und fiel in einen tiefen Schlaf. Erneut glitt der Teufel in ihren Traum. Die schaurigen Maschinen waren immer noch da und schwangen hin und her. Der furchteinflößende Automat beobachtete wieder das kleine Mädchen und ließ es nicht aus den Augen. So wie beim letzten Mal näherte sich *Angelique* langsam dem Automaten. Doch beim Näherkommen erkannte sie diesmal plötzlich das Gesicht ihres Vaters. Noch ein weiterer Schritt nach vorne – und nun war es das Gesicht ihrer Mutter. Sie ging noch näher heran… Diesmal lächelte der Automat ihr zu. Dann bewegte er sich in ihre Richtung und streichelte ihr sanft über das Gesicht. Danach nahm er sie bei der Hand und ging mit ihr zu den anderen Maschinen. Sobald sich das kleine Mädchen den Maschinen näherte, hörten diese sofort auf, sich zu bewegen. Sie schliefen entweder ein oder ließen eine sanfte Musik ertönen. *Angelique* verlor ihre Angst. Der Automat erklärte ihr, dass die Maschinen eine Erfindung der Menschen seien und leider oft hässlich und furchteinflößend wirkten, da sie keine Seele besäßen. Sie seien nur fähig, das widerzuspiegeln, was man in ihnen sehe. Sobald sie daher einer der Maschinen Liebe zeige, werde ihr diese die gleiche Liebe erwidern. In dieser Nacht hatte *Angelique* einen ruhigen Schlaf.

Am vierten Tag wies *Luzifer Jacques* an, bis zum zehnten Lebensjahr seiner Tochter jeden Tag einen kleinen, mit Sand gefüllten Sack an das Fußende ihres Bettes zu legen. Diesmal ging *Luzifer* nicht in das Schlafzimmer des kleinen Mädchens. Er verbrachte jedoch den ganzen Abend – wenn nicht die ganze Nacht – mit *Jacques de Vaucanson*. Natürlich weiß niemand, was die beiden sich gegenseitig erzählt haben; am nächsten Morgen jedoch konnten alle sehen, dass sich der Gesundheitszustand von *Angelique* enorm verbessert hatte.

Nun entschied der Teufel, dass es an der Zeit sei, sich von seinem Gastgeber zu verabschieden. Sein Teil der Abmachung war erfüllt, indem er den dritten und letzten Wunsch hatte wahr werden lassen.
Vor seiner Abreise erinnerte *Luzifer Jacques* jedoch noch einmal daran, wie wichtig das kleine Sandsäckchen sei. Der Sand müsse unter allen Umständen an jedem Morgen in den Fluss geworfen werden, da er die Schrecken der Nacht in sich berge. *Jacques* verstand genau, was er zu tun hatte. Und

so geschah es, dass er sich an jedem einzelnen Tag vergewisserte, dass der Sandverkäufer den kleinen Sandsack neu auffüllte – und dies, bis seine Tochter zehn Jahre alt wurde. Jeden Morgen leerte er das Säckchen im Fluss aus.

Niemals wieder wurde *Angelique* krank oder von Alpträumen heimgesucht. Der *Comte de Mephisto* stattete *Jacques de Vaucanson* nie mehr einen Besuch ab. Aber hier und da, und dies in ganz Europa, sieht man seitdem einen eigenartigen Sandhändler, der an Eltern, die unruhige Kinder haben, kleine Sandsäckchen verteilt. Der Sand hierin ist von unvergleichlicher Feinheit. Einige behaupten sogar, dass die Kinder nach dem Besuch des Händlers ruhiger geworden und wie durch einen Zauber fest eingeschlafen seien...

~ 8 ~

Die Glocke aus Erz

An manch' anderen Orten wäre es üblich gewesen, Neuankömmlinge mit Posaunen zu begrüßen, doch hier in dieser Umgebung gab es nichts, was die finstere, ohrenbetäubende Stille unterbrach. Diese allgegenwärtige Grabesruhe konnte den einen oder anderen Bewohner in den Wahnsinn treiben, und selbst für den Herrscher dieses Ortes war sie zuweilen unerträglich – für ihn, der früher die Musik so geliebt hatte.

Ein Tag war noch trauriger und düsterer als der andere. Dies bezeugte nicht zuletzt auch die wachsende Anzahl von Neuankömmlingen… Da hielt er es einfach nicht mehr aus! Er entschied, dass es allerhöchste Zeit war, die Regeln zu ändern – selbst auf die Gefahr hin, dass man ihn „ganz oben" hierfür rügen würde. Doch was hatte er schon zu verlieren?

Er betätigte sein Chronometer und überließ es diesem, ihn an einen Ort zu katapultieren, an dem er eine ihm würdige Lösung fände - und die ihn endlich von dieser elenden Stille erlösen würde.

So geschah es, dass er im Jahre 1655 in der reizenden Stadt Moulins, die zwischen Nevers und Vichy liegt, eintraf. Es war tiefe Nacht und um ihn herum war nichts Außergewöhnliches zu entdecken. Zunächst begriff er nicht, warum ihn sein Chronometer gerade hierhin geschickt hatte. Doch dann weckte das aufgeregte Stimmengewirr vieler Menschen, das aus dem Zentrum der Stadt zu kommen schien, seine Aufmerksamkeit. Erst jetzt bemerkte er ein orangefarbenes Licht, das ihn sofort an sein Zuhause erinnerte. Daher lief er in Richtung des tumultartigen Lärms, fest entschlossen, zu erfahren, was dort vor sich ging.

Als er im Zentrum ankam, erkannte er, dass der Glockenturm der Stadt in Flammen stand. Am Fuße des Bauwerks befand sich eine Menschenmenge, deren Schreien und Weinen das Spektakel begleitete. Fasziniert beobachtete er, wie sich die Flammen mit fröhlichem Prasseln in jeden Winkel des Holzes hineinfraßen, bis selbst das Mauerwerk unter der Hitze aufplatzte. Hoch oben schlug eine in Flammen stehende Figur immer noch die Glocke der Turmuhr – und niemand hätte sagen können, wieso. Die Melodie, die die Figur hervorbrachte, entzückte den Fremden.

»Solche Töne würden mir in meinem Reich schon gut gefallen!«, dachte er laut.

Da hörte er nicht weit entfernt eine Stimme, die ihm antwortete: »Wisst ihr, es ist mein Verdienst, dass er immer noch die Glocke schlägt!« Die Stimme kam von einem alten Mann, der nicht von sehr großer Statur, ja sogar noch weitaus kleiner als er selbst war. Seine Gesichtszüge waren rau und wenig schmeichelhaft. Er trug die zusammengeflickte Kluft eines königlichen Infanteristen, doch versank er derart in seiner Kleidung, dass es mehr als offensichtlich war, dass lediglich die Uniform in den Krieg gezogen war.

»Was redest du da, alter Mann?«

»Mein Herr, ich sagte, es ist mein Verdienst, dass er immer noch die Glocke schlägt.«

»Was meinst du damit?«

»Ich bin derjenige, der die Figur geschaffen hat. Und meine Mechanik ist so perfekt, dass sie sogar den Flammen widersteht - seht selbst!«

In der Tat, der tapfere *Jacquemart* schlug immer noch wacker die Glocke inmitten der Feuersbrunst. Dennoch begann jetzt die Metallschicht, mit der die hölzerne Figur überzogen war, zu schmelzen. In weniger als einer Viertelstunde war es um sie und ihr Glockenspiel geschehen. Die Flammen hatten den Dachstuhl erreicht und verschlangen jetzt gierig die Eichenbalken; sie schienen unersättlich zu sein.

Das Schicksal des Glockenturms war besiegelt, und auch die Wassereimer, mit denen die Männer des Vogtes verzweifelt versuchten, das Feuer zu löschen, konnten hieran nichts mehr ändern. Plötzlich vernahm man ein lautes, angsteinflößendes Geräusch. Kurz darauf fiel das gesamte Dach in sich zusammen und die Glocke stürzte in den Abgrund. Sie zog dabei den mutigen *Jacquemart* mit sich in die Tiefe, der dabei zermalmt wurde und inmitten der Trümmer des Glockenturms verschwand. Der alte Infanterist wischte sich eine Träne ab, begleitet von den ungewöhnlichen Worten: »Möge deine Seele in Frieden ruhen, mein tapferer Jacques!«

»Weshalb sprecht ihr so? Eure Marionette besitzt doch keine Seele!«

»Wisst ihr, mein Herr, ich habe mehr als mein Herz in diesen kleinen Kerl gelegt. Angesichts meines Alters wusste ich, dass es der letzte Automat sein würde, den ich erschaffe. Deshalb steckt mein ganzes Herz und meine ganze Seele in ihm.«

»Das ist doch absurd«, entgegnete *Luzifer*. »Ich sehe deine Seele sehr gut! Ich erkenne darin sogar einige schwarze Flecken, die nach einem kurzen Aufenthalt bei mir ganz schnell verschwinden würden.«

»Gewiss, mein Herr, ich bin nicht sehr stolz auf mein Leben. Doch ich werde weder die begangenen Fehler korrigieren können noch jemals die Frau und die Kinder lieben dürfen, von denen ich immer geträumt habe. Doch ich danke euch für eure Güte.«

In *Luzifer* wurde nun die Neugier an seinem Gegenüber endgültig geweckt – und eine Idee keimte in ihm auf.

»Was würdest du dazu sagen, wenn ich die Schaffung eines *Jacquemart* bei dir in Auftrag gäbe?«

»Mein Herr, ich sagte euch bereits, dafür bin ich zu alt!«

»Aber ich könnte dich reichlich dafür entlohnen!«

»Wisst ihr, euer Geld würde mir zu nichts mehr nützen, denn ich wäre sicherlich schon vorher gestorben. Mein Gesundheitszustand ist nicht besonders gut...«

»Versuchst du, zu handeln?«

»Ich? Das würde ich nicht wagen, mein Herr. Ich bin ganz einfach nur alt und krank.«

»Gerade darum; du könntest dir mit dem Geld die besten Ärzte leisten!«

»Meint ihr das wirklich ernst? Ich habe eher den Eindruck, dass der Tod schneller herbeieilt, wenn man sich in deren Hände begibt ...«

In der Tat, *Luzifer* hatte für einen Augenblick vergessen, dass die Medizin in diesem Zeitalter weder heilbringend noch wirkungsvoll war.

»Seht ihr, wenn ich einwillige, würdet ihr nur einen schlechten Handel machen. Und wie ihr selbst eben so treffend bemerkt habt, will ich meinen bereits vorhandenen schwarzen Flecken auf der Seele nicht noch weitere hinzufügen.«

Diese letzten Worte überzeugten *Luzifer* endgültig, dass der Mann eine zweite Chance verdiente.

»Nun… und wenn ich dir sagen würde, dass ich die Macht besitze, dir deine Jugend zurückzugeben? Würdest du meinen Vorschlag dann immer noch ablehnen?«

»Mein Herr, ihr haltet mich vielleicht für einen Dummkopf. Ihr müsstet entweder Gott oder der Teufel sein, um einen solchen Wunsch erfüllen zu können. In euch aber sehe ich nur einen Menschen… und kein Mensch auf dieser Erde hat jemals das Elixier für die ewige Jugend gefunden.«

»Und ob! Wenn wir unsere Abmachung besiegeln, gebe ich dir im nächsten Augenblick deine Jugend zurück.«

Luzifer holte aus seiner Tasche ein kleines hölzernes Schreibpult hervor und begann, einen Vertrag aufzusetzen. Einige Minuten später übergab er dem Infanteristen das beschriebene Blatt Papier und zeigte auf die Stelle, an der er unterschreiben solle.

»Muss ich in einem solchen Fall nicht mit meinem Blut unterzeichnen?«

Luzifer brach in Gelächter aus.

»Wenn dir danach ist, kannst du dies gern machen. Damit gehst du jedoch zusätzliche Verpflichtungen ein. Was mich anbetrifft, so reicht mir deine einfache Unterschrift.«

»Weitere Verpflichtungen?«

»Ja, sobald man mit seinem Blut unterschreibt, wird es für beide Seiten unmöglich, den Vertrag wieder zu lösen. Das ist förmlicher, aber für Geschäfte kann das auch unheilvoll sein…«

»Ich werde mit meinem Blut unterzeichnen. Dann seid ihr verpflichtet, euer Versprechen einzuhalten.«

Luzifer war gekränkt, doch er zeigte dies nicht. Er ein Versprechen nicht einlösen? Heimlich beobachtete er sein Gegenüber dabei, wie dieser die Spitze der Schreibfeder in seinen Finger drückte, ohne dabei eine Miene zu verziehen. Der Blutstropfen, der herausfloss, reichte aus, um die Unterschrift unter den Vertrag zu setzen. *Luzifer* tat es ihm gleich und unterzeichnete, wie es seine Gewohnheit war, mit dem Namen „Comte de Mephisto". Die Sache war somit beschlossen.

Nun entnahm *Luzifer* seiner Tasche ein Fläschchen, das mit einer seltsamen blauen Flüssigkeit gefüllt war.

»Trink dies hier – und in einer Minute wirst du wie ein junger Mann herumspringen.«

»Wer sagt mir, dass ihr mich nicht vergiften wollt?«

»Wenn dich dies überzeugt, schau her, ich trinke ebenfalls davon!«

Er trank einige Schlucke, danach gab er das Fläschchen an den alten Infanteristen weiter.

»Aber es geschieht nichts! Ihr habt mich getäuscht!«

»Kommt dir nicht die Idee, dass ich dieses Präparat schon zuvor getrunken habe? So wie du mich hier vor dir siehst, blicke ich bereits auf mehrere hundert Jahre Existenz zurück!«

»Ach …«

»Hör mir zu: Wenn du einer Sache gewiss sein kannst, dann ist es die Tatsache, dass dies kein Gift ist. Denn ich bin nicht tot, oder?«

Nach diesen Worten schluckte der Infanterist den Rest der Flüssigkeit herunter – und so wie es *Luzifer* versprochen hatte, verjüngte sich der alte Mann augenblicklich.

Dieser traute seinen Augen nicht. In alle Himmelsrichtungen hüpfte er beweglich wie ein Jugendlicher hin und her. Er hatte sich in einen Mann im besten Alter von 20 Jahren verwandelt. Die Uniform, die eben noch viel zu groß für ihn gewesen war, wirkte jetzt sehr elegant, auch wenn sich der Stoff immer noch in einem erbärmlichen Zustand befand. Letzteres missfiel *Luzifer*. Daher zog er aus seiner Reisetasche eine neue Uniform – und der Mann beeilte sich, diese anzuziehen.

»Siehst du, mein Guter, nun bist du jung und verführerisch...«

»Das ist ein Wunder!«

»Nun kannst du mir also meinen *Jacquemart* erschaffen.«

»Alle *Jacquemarts*, die ihr wollt, mein Herr!«

»Halt ein! Ein einziger reicht mir – aber er muss von dir sein.«

»Warum wollt ihr, dass ich euch einen *Jacquemart* erschaffe? Mit dem Vermögen, das euch dieses Jugendelixier einbringen würde, könntet ihr euch alle Automaten der Welt leisten!«

»Das geht dich nichts an. Begnüge dich damit, mir eine Figur zu erschaffen, die sowohl Erlösung als auch Sühne ausdrücken kann.«

»Erlösung und Sühne? Aber das ist unmöglich, ich weiß nicht, wie ich das bewerkstelligen soll. Dafür müsste ich die Hölle kennen – und dort zieht mich wirklich nichts hin...«

»Ach ja? Dennoch bin ich mir sicher, dass dort ein Platz auf dich wartet... doch sei nicht beunruhigt, das wird nur für ein paar Jahrhunderte der Fall sein.«

Mit diesen Worten nahm *Luzifer* das Gesicht des Mannes zwischen seine Hände und heftete seinen Blick in dessen Augen – bis ins Innerste seiner Seele. Die grauenhaften Dinge, die der Mann dort zu sehen bekam, schockierten ihn derart, dass sein Körper vollkommen erstarrte. Nach einigen Sekunden ließ *Luzifer* ihn wieder zu sich kommen. Der Mann zitterte am ganzen Leib und schwitzte, als hätte sich ein ganzes Meer über ihn ergossen.

»Und nun? Ist deine Schöpferseele jetzt inspiriert?«

»Wie habt ihr das gemacht?«

»Ich weiß, wie man Träume manipuliert, das ist alles.«, antwortete ihm *Luzifer* bescheiden.

»Dann fasst mich nicht mehr an – und ich werde euch euren *Jacquemart* geben.«

»Gut. Ich werde in zwei Monaten zu dir zurückkehren. Wenn du mich dann zufriedengestellt hast, werde ich dir deine Wünsche erfüllen.«

Einen Wimpernschlag später war *Luzifer* in der Menschenmenge verschwunden.

Für einen kurzen Moment lang bewunderte der junge Mann seinen prachtvollen Körper und kniff sich mehrmals selbst, um sicher zu gehen, dass er nicht doch träumte. Dann sagte er sich, dass er sich einen Mann, der solch reiche Gaben besaß, zu Nutzen machen könne. Doch zuerst musste er seinen *Jacquemart* erschaffen.

Zwei Monate vergingen und der junge Mann hatte wie ein Besessener gearbeitet. In seiner Werkstatt gab es um die zehn *Jacquemarts*, einer außergewöhnlicher als der andere. Der erste hatte ein derart schauerliches Gesicht, dass die Kinder sofort zu weinen begannen, sobald sie ihn erblickten. Der nächste wurde so von Reue geplagt, dass man sofort den Wunsch verspürte, ihm alles zu vergeben. Ein anderer tat mit so viel Aufrichtigkeit Buße, dass man glauben konnte, ihm stehe das Paradies bereits offen.

Eines Morgens erschien *Luzifer* in der Werkstatt… »Du hast eine gute Arbeit gemacht! Du beeindruckst mich«, bemerkte er. Jeder weiß, dass der Teufel sich selten beeindrucken lässt. Folglich war er äußerst zufrieden.

Der junge Mann rieb sich die Hände angesichts der Belohnung, die ihm jetzt zuteil würde. *Luzifer* blieb eine ganze Weile in der Werkstatt und betrachtete eingehend jede einzelne Figur. Er fuhr sanft mit der Hand über die Oberfläche, um ihre Formen zu ertasten. Die Wahl fiel ihm schwer. Doch entgegen aller Erwartungen entschied er sich für den unscheinbarsten und ausdruckslosesten *Jacquemart*. Diese Wahl erstaunte den jungen Mann.

»Mein Herr, eine solche Wahl kann ich nicht verstehen. Euer Auftrag war doch sehr deutlich: Ihr habt euch einen *Jacquemart* gewünscht, der die Erlösung und die Sühne ausdrückt!«

»Keine Sorge, du hast meinen Auftrag mehr als gut erfüllt und ich bin vollkommen zufrieden. Aber weißt du, der Schmerz wohnt in der Seele. Die Qualen des einen sind nicht die des anderen. Deine Alpträume sind weder die meinigen noch die eines anderen. Verstehst du? Schlussendlich, mein bevorzugter *Jacquemart* ist derjenige, der ausdruckslos ist.

»Nun denn, euer Wunsch ist mir Befehl!«

»Ist er genauso widerstandsfähig wie derjenige, den du für die Stadt geschaffen hast?«

»Mein Herr, ihr habt nichts zu befürchten, dieser hier würde selbst sämtliche Feuer der Hölle überstehen!«

»Dies freut mich sehr! Morgen wirst du vor deiner Tür 20 Goldbarren finden. 5 davon behalte für dich, die restlichen schmelze ein, um damit alle *Jacquemarts* zu überziehen. Wenn du deine Arbeit beendet hast, benutze diese Pfeife hier, und ein Wagen wird kommen, sie abzuholen. *Luzifer* holte aus seiner Tasche eine kleine silberne Pfeife und reichte sie dem jungen Mann, der sie ohne zu zögern annahm und im hinteren Teil eines Kastens, der sich in der Werkstatt befand, verstaute.

»Sag mir, kennst du einige Glockengießer, die mir eine Glocke gießen können?«

»Mein Herr, wenn ihr mir die Aufgabe anvertraut, diese zu finden, werde ich es mir zur

Pflicht machen, euch Glocken von solcher Reinheit zu liefern, wie ihr sie niemals zuvor gesehen, geschweige denn gehört habt!«

Der junge Mann fand nur wenig Gefallen daran, dass sein Wohltäter das Vermögen jemand anderem übergab. Der Gedanke, einige weitere Goldbarren einzuheimsen, versetzte ihn in Verzückung.

»So sei es! Ich vertraue dir. Wenn dir das gelingt, werde ich dafür sorgen, dass du dir dein ganzes Leben lang keine Gedanken mehr um dein Wohlergehen machen musst, und noch sehr viel mehr: Ich werde dir deinen sehnlichsten Wunsch erfüllen.«

Der junge Mann, der sicher sein wollte, dass ihm ein derartiger Reichtum auf gar keinen Fall entging, schlug vor, auch diesen Vertrag mit seinem Blut zu unterzeichnen. *Luzifer* erschien es nicht notwendig, einen solchen Vertrag aufzusetzen, war doch bereits ein Vertrauensverhältnis geschaffen. Angesichts der Hartnäckigkeit des jungen Mannes sah er sich jedoch hierzu gezwungen.

Als der Vertrag unterzeichnet war, versprach *Luzifer*, dass er jedes Mal, wenn der junge Mann die Pfeife benutze, die er ihm gegeben hatte, einen mit Gold oder Erz beladenen Karren schicken werde. Er setzte eine neue Frist von zwei Monaten, dann verschwand er wie beim letzten Mal mit dem nächsten Wimpernschlag.

Wie angekündigt, wurden am darauffolgenden Tag 20 Barren Gold zur Werkstatt des jungen Mannes geliefert. Der junge Bildhauer begann mit dem vereinbarten Auftrag. Er überzog alle *Jacquemarts* mit einer feinen Goldschicht. Fünf der Goldbarren behielt er für sich selbst. Als er jedoch das Gold in seinen Händen hielt, ging ihm plötzlich auf, dass niemand wissen würde, wie viel von diesem Gold er tatsächlich verbraucht hatte. So benutzte er jeden Tag die Pfeife – und wie durch einen Zauber erschien unmittelbar danach ein mit Gold und Erz beladener Karren. Anfangs benutzte er das Gold und das Erz für die Glockengießer.

Kaum fünfzehn Tage später war die Glocke fertig. Sie besaß eine vollkommene Schönheit. Ihr Guss zeugte von großer Sorgfalt und in seltener Präzision war sie mit zahlreichen Figuren verziert. Das Erz war von einer solchen Reinheit, dass die Glocke, wenn man sie schlug, einen Klang hervorbrachte, der die Seele traf und sie vibrieren ließ.

Die Arbeit war beendet – und ohne Zweifel würde der Meister zufrieden sein. Doch der junge Mann hatte es sich in den Kopf gesetzt, seinen Reichtum noch weiter zu vergrößern. Auch an den darauffolgenden Tagen betätigte er täglich die Pfeife und jedes Mal erschien ein mit Gold und Erz beladener Karren. Er verkaufte das Erz und häufte das Gold an. Sein Wohlstand lockte so manch zweifelhafte Kaufleute und die Gauner aus der Gegend an. Sehr schnell kam der junge Infanterist auf den Geschmack eines Lebens in Überfluss und Ausschweifung. Die Tage flossen in Sorglosigkeit dahin und die Frist lief ab.

So traf *Luzifer* in der Werkstatt ein, doch er entdeckte niemanden dort. Das Haus war leer. Er fragte die Nachbarn, was mit dem jungen Infanteristen, der dort gelebt hatte, geschehen sei. Eine Nachbarin antwortete ihm, dass dieser so reich geworden sei, dass er jetzt in einem prächtigen Haus am anderen Ende der Stadt wohne. Sein neues Domizil könne man leicht an der Figur, mit der der Eingang geschmückt sei, erkennen.

Luzifer war verstimmt über diesen Umzug, doch er blieb weiterhin optimistisch – war doch die Arbeit, die der junge Mann bisher abgeliefert hatte, äußerst perfekt gewesen. So machte er sich auf den Weg zur anderen Seite der Stadt. Dort fand er problemlos das Haus des jungen Mannes, das aus allen Öffnungen Luxus verströmte. Am Eingang schien ein *Jacquemart* die Tür zu bewachen. Irgendetwas an ihm kam *Luzifer* bekannt vor. Als er ihn näher betrachtete erkannte er... sein eigenes Gesicht.

»Der Kerl hat einen *Jacquemart* nach meinem Abbild geschaffen, welche Dreistigkeit und welch' ein Affront!«, dachte er. Er läutete, und die Tür öffnete sich. Ein Diener, der wie ein Großwesir gekleidet war, erschien und fragte nach seinem Begehren.

»Kündige mich deinem Herrn an, ich bin der *Comte de Mephisto*... Er wird mich empfangen!«

Der Diener verschwand, dann erschien mit eiligem Schritt der junge Infanterist. Er war bekleidet mit einem golddurchwirkten Morgenmantel und roch stark nach einem weiblichen Parfüm.

»Mein Herr, welche Freude, euch wiederzusehen!«

»Hm... ich sehe, es ist dir zwischenzeitlich nicht schlecht ergangen.«

»Ja, die Geschäfte laufen gut, ich kann mich nicht beklagen. Euer Auftrag ist gerade erst fertig geworden, doch ich bin sicher, er wird euren Wünschen entsprechen.«

»Gerade erst fertig, sagst du?«

Der Comte, dem nichts verborgen blieb, erkannte sofort, dass es sich um eine Lüge handelte. Dies betrübte ihn mehr als dass es ihn erzürnte. Doch er entschied, dies nicht zu zeigen.

Nun führte ihn der junge Mann in ein fast leeres Zimmer. In der Mitte des Raumes befand sich ein unförmiger Gegenstand, der mit einem weißen

Laken bedeckt war. Der junge Infanterist zog das Laken weg – und darunter erschien die Glocke…

Sie war tatsächlich von großer Pracht, jedoch nur von geringer Größe, höchstens einen Meter hoch und von ebensolchem Umfang.

»Du hast Recht, sie gefällt mir! Doch weshalb ist sie so klein?«

»Ehrlich gesagt, mein Herr, es bedurfte zahlreicher Versuche, um diese Perfektion zu erreichen. Und jedes Mal musste alles weggeworfen werden.«

»Dennoch, mit all dem Erz, das ich dir geliefert habe, hätte sie größer sein müssen… Und sag mir, was hast du mit dem ganzen Gold gemacht?«

»Der Herr bemerkt sicherlich, dass die Glocke innen mit einer dicken Goldschicht überzogen ist… Das ist es, was sie so besonders macht. Der Rest des Goldes diente dazu, die entstandenen Aufwendungen zu zahlen – und diese waren enorm hoch!«

Luzifers Gesicht verfinsterte sich zunehmend, je mehr der junge Mann sich in seine Lügen verstrickte. Er war betrogen worden, doch die Enttäuschung wog noch schlimmer.

»Läutet sie wenigstens?«

»Überzeugt euch selbst!«

Der junge Mann ergriff einen kleinen Hammer, der in der Nähe lag, und schlug kurz auf die

Glocke. Der Ton, der erklang, versetzte die Wände des Raumes in Schwingungen und *Luzifer* spürte am ganzen Körper die Kraft der Vibration.

»Nun, du hast gut gearbeitet... aber du hast mich getäuscht!«

»Ihr habt den Vertrag mit eurem Blut besiegelt! Die Arbeit gefällt euch, also müsst ihr nun euer Versprechen einhalten!«

Luzifer war in einer Zwickmühle. Die Arbeit war ausgeführt, gewiss, doch der Vertrag wurde nicht eingehalten, denn das Verhalten des jungen Mannes war unredlich.

»Ich halte mein Wort...«, seufzte *Luzifer*. »Ich habe dir versprochen, dir deinen sehnlichsten Wunsch zu erfüllen. Du hattest mir einst gesagt, du bedauerst es, weder eine Frau noch Kinder zu haben...«

Und sofort erschienen eine bildschöne junge Frau, die Augen voller Liebe, an ihrer Seite zwei entzückende Kinder, die ihm zulächelten. Der junge Mann betrachtete sie herablassend und bemerkte, dies sei der Wunsch eines alten Mannes gewesen, der kurz vor dem Ende seines Lebens gestanden habe. Nun jedoch sei er jung und reich. Er habe noch genügend Zeit, eine Familie zu gründen.

Luzifer schnippte mit den Fingern und die kleine Familie verwandelte sich augenblicklich in *Jacquemarts*.

»Sieh, was du verlierst... Ich für meinen Teil habe mein Versprechen eingehalten!«

»Nein! Ihr hattet mir versprochen, dass ich bis zu meinem Lebensende keine Sorgen mehr haben würde...«

»In der Tat habe ich dir zwei Dinge versprochen. Die erste Sache war, dir deinen sehnlichsten Wunsch zu erfüllen. Dies habe ich getan, auch wenn du jetzt deine Meinung geändert hast. Die zweite Sache war, dass du dich in deinem Leben um nichts mehr sorgen musst – und mehr als das...«

Luzifer schnippte erneut mit den Fingern – und im selben Moment verwandelte sich der Infanterist in einen *Jacquemart*. Doch er war nicht tot, seine Augen bewegten sich noch...

»Siehst du, ich mag es nicht, wenn man mich täuscht. Schließe ich einen Vertrag ab, so muss er in allen Punkten ehrlich sein. Und nun schau, wozu du mich zwingst. Fünf Jahre! Das war alles, was dir an Lebenszeit noch geblieben wäre, als ich dich getroffen habe. Jetzt wirst du in dieser Gestalt fünf Jahre lang deine Unehrlichkeit an der höchsten Stelle des Glockenturms betrachten. Danach wirst du zu mir kommen... Und ich verspreche dir mehrere Jahrhunderte Sühne.« Dann löste er sich in Luft auf.

Seither sind hunderte von Jahren vergangen. Doch hoch oben im Glockenturm schlagen ein Infanterist, seine Frau und zwei Kinder immer noch tapfer die Glocken. Niemand weiß, wie sie dort hinaufgelangt sind. Manche sagen, dass sie von einer Hexe verzaubert wurden. Andere gehen von einem großzügigen Spender aus. Vielleicht ist es ein wenig von beidem, was glaubt ihr?

~ 9 ~
# Die drei kleinen Schornsteinfeger

Es lebten einst in der Stadt Koblenz drei junge Brüder. Alle drei übten den ehrbaren Beruf des Schornsteinfegers aus, und sie waren unzertrennlich. Wenn sie die Straßen durchstreiften, pfiffen oder sangen sie stets fröhliche Melodien. *Hans*, der Älteste und Größte unter ihnen, suchte seinesgleichen beim Klettern entlang der Dächer. Er konnte Stunden damit verbringen, auf dem Dachfirst eines Hauses zu sitzen und den Ausblick über die Stadt zu bewundern. Von dort aus konnte er bereits am Rauch erkennen, ob ein Schornstein seine Dienste benötigte. *Fritz*, der Zweitälteste, war von wohl gewachsener Statur. Was er an seiner Arbeit am meisten liebte, war das Kehren des Rußes. Er sagte, allein durch das Schnuppern an den schwarzen Überresten in den Schornsteinen wisse er, ob die Bewohner des Hauses reich oder arm seien. Und so verlangte er für ihre Dienste immer einen angemessenen Preis. Was den Dritten, *Max*, den Jüngsten und Kleinsten unter ihnen, anbetraf, so konnte sich dieser ohne die geringste Schwierigkeit durch jedwedes Schornsteinrohr, sei es noch so eng oder breit, hindurchschlängeln. Er hatte darüber hinaus die Gabe, die Flammen in den Kaminen zum Tanzen zu bringen und damit die Häuser mit ein wenig Glück und Freude zu erfüllen.

Ihre Arbeit war hart und manchmal auch gefährlich, und doch liebten sie diese sehr. Freilich waren sie nicht sehr reich, doch das Geld, das sie sich redlich verdient hatten, genügte ihnen. Um ehrlich zu sein, sie waren glücklich so. Sie beschäftigten sich weder mit Politik noch mit dem, was dort unten vor sich ging. Für sie befand sich das Wichtigste hoch über den Dächern, wo sie den Wolken, dem Wind und den Sternen am nächsten waren. Ihre wahre Belohnung bestand im Lächeln der Kinder und in der Freude, die sie hervorriefen, wenn Max mit den Flammen in den Schornsteinen spielte, ganz so, als sei er ein Zauberer.

So floss ihr Leben voller Wärme von Dach zu Dach dahin, ohne dass irgendetwas ihre gute Stimmung hätte trüben können. Währenddessen erfuhr die Stadt mehrere politische Umstürze und nicht selten griffen einige Hitzköpfe zu Waffen und zettelten einen Aufruhr an. Manche schossen gar einfach in die Luft, um ihrem Unmut Ausdruck zu verleihen.

Eines Tages geschah ein großes Unglück. Seinen Ellenbogen auf einen großen Kamin aus braunen Ziegelsteinen gestützt, bewunderte *Hans* den blauen Himmel des beginnenden Herbstes. Wie üblich beachtete er nicht das Geschehen auf der Straße. Er hörte daher weder die aufgebrachte Menge, die den großen Platz herunterkam und dabei feindliche Parolen gegen den König skandierte, noch bemerkte er die Ankunft einer Truppe zur Hilfe gerufener Soldaten, die auf dem Platz Stellung bezogen. Als der Befehlshaber seinen Wachen befahl, Warnschüsse in die Luft abzugeben, rechnete niemand damit, dass sich ein kleiner Schornsteinfeger über ihnen befand. *Hans*, der von der Gewehrsalve getroffen wurde, rutschte vom Dach herunter, und sein Sturz endete zwei Stockwerke tiefer mitten auf der Straße. An jenem Tag gab es nur ein einziges Opfer.

Fritz und *Max* blieben nun allein zurück, schrecklich allein. Sie beschlossen dennoch, dass es ihre Pflicht sei, in Erinnerung an ihren Bruder die Arbeit auf den Dächern fortzusetzen. Fortan gravierten sie in das Innere jeden Schornsteins, den sie reinigten, den Namen von *Hans*.

Doch das Herz war ihnen schwer und ihr frohes Gemüt war verflogen. Keine einzige fröhliche Melodie kam mehr über ihre Lippen und nur selten sah man ein Lächeln auf ihren rußigen kleinen Gesichtern.

Fritz, der nun der Älteste war, wollte seinen großen Bruder imitieren und genauso flink wie er die Dächer hochklettern. Doch ein loser Dachziegel wurde ihm zum Verhängnis und es geschah, was geschehen musste. *Fritz* fiel hinunter und der Sturz endete verhängnisvoll. Als der kleine *Max* seinen Bruder herabfallen sah, verließ ihn endgültig aller Lebensmut, und sein Kummer und seine Verzweiflung waren so groß, dass er sich den Schornstein, den er gerade reinigte, herunterstürzte.

Von diesem Tag an vernahm man in den Straßen von Koblenz weder das Pfeifen der drei kleinen Schornsteinfeger noch die mitreißend fröhlichen Melodien hoch oben auf den Dächern. Über die Stadt breitete sich vielmehr eine Traurigkeit aus. Es schien etwas zu fehlen, ohne dass man genau hätte sagen können, was.

Doch hier endet die Geschichte noch nicht. Die drei kleinen Schornsteinfeger erschienen alle drei gleichzeitig an der Pforte zur Hölle. *Baalberith*, der Generalsekretär und Hüter der Archive, der sie, wie alle Neuankömmlinge, in Empfang nahm, war sehr aufgebracht. Er durchsuchte seine großen Register und endlosen Listen, aber nirgends tauchten die Namen von *Hans*, *Fritz* oder *Max* auf. Der Archivar wurde noch ärgerlicher, als die drei Brüder den sehnlichen Wunsch äußerten, in die Hölle gelassen zu werden. Bei allen Dämonen, niemals zuvor hatte jemand die Lust verspürt, geschweige denn den Wunsch geäußert, dort hinein zu wollen!

Somit sah sich *Baalberith* gezwungen, den Herrscher dieses Ortes um Hilfe zu bitten. Mit einem Fingerschnipsen fanden sie sich alle in der Halle der Strafverkündung wieder, direkt vor dem großen *Luzifer*. Während sein Archivar ihm das Problem erklärte, wurde sein Gesicht dunkelrot vor Zorn. Es erfüllte ihn mit großer Wut, dass Petrus wegen seines hohen Alters und der nachlassenden Sehfähigkeit zweifelsohne mehrere Fehler begangen hatte, als er diesen drei Seelen den Eintritt ins Paradies verweigerte. Als sein Zorn darüber, dass sich in den perfekten Mechanismus der Hölle ein Fehler eingeschlichen hatte, ein wenig nachließ, versuchte er, in den drei kleinen Schornsteinfegern dunkle Stellen auszumachen. Immerhin war seit Jahrtausenden nicht ein einziger Irrtum begangen worden. So mussten auch diese drei kleinen Seelen, die heute vor ihm standen, ohne den geringsten Zweifel einige böse Taten in sich verbergen.

Luzifer schaute in das tiefste Innere von *Hans*, doch so weit er auch hineinblickte, alles was er sah, war ein blauer Himmel, der von singenden Vögeln erfüllt war. Dies machte ihn sprachlos. Sodann begann er, in das Innere von *Fritz* zu blicken. Doch auch hier fand er nicht die geringste dunkle Stelle, ganz ihm Gegenteil, alles war erfüllt von Großmut und Güte. Angewidert wandte er sich ab. Es kamen in *Luzifer* nun Zweifel auf. Er benutzte alle Kräfte der Finsternis, um zu durchdringen, was sich in der Seele des kleinen *Max* versteckte. Nichts! Überhaupt nichts! Der Herrscher der Hölle sah nichts als glückliche Kinder mit strahlenden Gesichtern, was bei ihm sofort eine große Übelkeit verursachte. Er ließ sich in seinen großen Sessel hineinfallen und blieb dort reglos sitzen. *Baalberith*, der seinen Herrn noch niemals zuvor in solch einem Zustand gesehen hatte, begann, sich Sorgen zu machen. Es keimte in ihm der Gedanke auf, dass das Unmögliche geschehen war: Es war tatsächlich ein Fehler begangen worden.

Nach einigen Augenblicken, die wie eine Ewigkeit erschienen – oder war vielleicht das Gegenteil der Fall? - wagte der kleine *Max*, der die tiefe Beunruhigung des Teufels sah, zu sprechen. Mit größtmöglicher Höflichkeit beteuerte er gegenüber *Luzifer*, dass sie an keinem anderen Ort als diesem hier bleiben könnten.

Luzifer, verdutzt, doch gleichzeitig auch ein wenig erleichtert darüber, dass wohl doch kein Fehler begangen worden war, verlangte daraufhin eine Erklärung. Und so erzählte *Max*, dass sie ihr ganzes Leben über den Dächern verbracht hätten, inmitten von Feuer, Hitze und Ruß und dass all dies für sie das Schönste aller Dinge gewesen sei. Der Teufel nickte zustimmend, denn er teilte diese Meinung – vor allem, was das Feuer und die Hitze anbetraf. *Fritz* seinerseits fügte hinzu, dass es immer ihr größtes Glück gewesen sei, anderen zu Diensten zu stehen und dass daher hier an diesem Ort drei Schornsteinfeger zwangsläufig ihren Platz finden müssten. Der Teufel hob den Kopf bei dem Gedanken, dass ein wenig Hilfe beim Bedienen der Öfen sicherlich kein Luxus wäre. Nun meldete sich auch *Hans* zu Wort und erklärte, dass in der Hölle sicherlich jemand gebraucht werde, der sich mit schlecht funktionierenden Schornsteinen auskenne. *Luzifer* konnte ein Lächeln nicht unterdrücken, das jedoch schnell wieder verschwand. Für gewöhnlich kamen die Seelen, die in der Hölle eintrafen, nicht aus freien Stücken. Vielmehr waren sie hier, um für ihre schlechten Taten oder ihre Bosheit bestraft zu werden. Doch im vorliegenden Fall gab es weder irgendeine üble Tat noch eine Gemeinheit, die eine Strafe zur Folge hätte. Das Problem blieb somit voll und ganz ungelöst.

Zunächst dachte *Luzifer* daran, einen kleinen Ausflug „nach oben" zu machen und dem alten Himmelspförtner einen Besuch abzustatten, um zu sehen, ob er nicht ein paar Seelen umtauschen und vielleicht sogar diese drei hier, mit denen er nichts anzufangen wusste, zurücknehmen könne. Doch selbst die Vorstellung, mit dem bärtigen alten Mann verhandeln zu müssen, war ihm zuwider. Denn es ist wohlbekannt, dass der Teufel nicht mit sich handeln lässt.

Dann kam ihm der Gedanke, dass es gar nicht so dumm sei, die drei kleinen Schornsteinfeger zu behalten. Drei Seelen mehr oder weniger, das machte doch kaum einen Unterschied, und sie konnten ihm beim Bedienen der Öfen durchaus nützlich sein. Dennoch verwarf er diesen Gedanken sehr schnell wieder, da er nicht zu verwirklichen war. In der Hölle galt nun einmal die Regel, dass nur diejenigen bestraft wurden, die es verdienten. Daher kam es nicht in Frage, diese drei einer Strafe zu unterziehen. Ganz abgesehen davon, was würden die Leute sagen: „Freier Eintritt in die Hölle für jedermann" oder „Die Hölle – für abenteuerlustige Seelen besser als jede Badekur"? Nein, definitiv durfte hier kein Präzedenzfall geschaffen werden! Doch eine Lösung des Problems war damit nicht gefunden…

Und so fragte er die kleinen Schornsteinfeger, was sie sich am meisten auf der Welt wünschten. *Hans*, *Fritz* und *Max* antwortete alle drei dasselbe. Ihr einziger und sehnlicher Wunsch sei es, gemeinsam von Dach zu Dach zu laufen und die Schornsteine zu fegen. Der Teufel war sehr überrascht über diese Antwort, die ihm sehr einfach erschien und ohne jeden gesunden Menschenverstand, ja sogar völlig absurd. Dennoch wollte sich der große *Luzifer* großzügig zeigen. Denn immerhin wollen nicht alle Tage reine Seelen aus freiem Willen die Hölle betreten. Und so schlug er ihnen vor, dass er ihren Wunsch erfüllen werde, jedoch unter folgender Bedingung: Es müsse ihnen gelingen, ihm an einem einzigen Tag zu zeigen, was im erbärmlichen Leben eines Schornsteinfegers schön sei. Ihm war der Gedanke gekommen, dass dieser Vorschlag mit einem Schlag all seine Probleme lösen würde, denn nur ein Tag würde für diese drei kleinen Seelen nicht genügen, um ihn zu überzeugen. Und in diesem Fall wären die drei Nervensägen gezwungen, „nach oben" zurückzukehren. Damit wäre er sie endlich los!

So geschah es, dass nicht drei, sondern vier kleine Schornsteinfeger sich über den Dächern von Koblenz wiederfanden. Der vierte war kein anderer als *Luzifer* höchstpersönlich, der das Abenteuer amüsant fand und nichts verpassen wollte.

Hans nahm den Teufel auf seinen Rücken und rannte so schnell er konnte zu den höchsten Dächern der Stadt. Von dort aus konnten sie den ganzen Ort überblicken und sogar weit darüber hinaus bis zu den ersten Höhenzügen. Gerade ging die Sonne auf und der Himmel färbte sich rot und gelb. Langsam stiegen Rauchschwaden in die Höhe und nahmen dabei die warmen Farben an, während sie spiralförmig in alle Richtungen tanzten. Dieser Anblick besaß für *Luzifer* eine große Schönheit, erinnerte ihn dies doch an die Seelen in den Flammen der Hölle.

Fritz ließ *Luzifer* danach den Ruß mehrerer Schornsteine riechen Der Teufel war sichtlich überrascht, dass er die Schwärze oder die Reinheit der Seelen, die dieses Haus bewohnten, allein am Geruch erraten konnte.

Nun zeigte *Max* dem Teufel, wie er die Kinder faszinieren und erfreuen konnte, indem er die Flammen im Kamin tanzen ließ. Als *Luzifer* diese glücklichen Kinder sah, war er so entsetzt, dass er sofort umkehren wollte. Doch er musste zugeben, dass *Max* eine positive Wirkung auf die Menschen hatte. Und dies erinnerte ihn an seine Jugend, als er noch ein Engel war.

Der Teufel entschied, dass er genug gesehen hatte, und kurz darauf fanden sie sich alle in der Halle der Strafverkündung wieder. *Baalberith* war immer noch da, bereit, die Namen in die Register einzutragen. Nun wandte sich der große *Luzifer* an die drei kleinen Schornsteinfeger. Er erklärte ihnen, dass es ihnen gelungen sei, ihn zu überzeugen. Dennoch könne er das gegebene Versprechen nicht halten. Normalerweise hält der Teufel immer das, was er verspricht! Doch hier durfte er einfach keinen Präzedenzfall schaffen. So mächtig *Luzifer* auch war, er hatte nicht das Recht, ihnen endgültig das Leben zu nehmen, ohne damit gegen die Himmelsgesetze zu verstoßen. Sie konnten ganz einfach nicht in der Hölle bleiben, denn auch wenn sie Schornsteinfeger waren, hätte es keine reineren Seelen geben können. Ihr Platz war ganz einfach nicht dort.

Die Enttäuschung der kleinen Schornsteinfeger war derart groß, dass der Teufel sie bis in sein eigenes Herz hinein spüren konnte. Und so schlug er ihnen eine andere Lösung vor. Wenn es nun denn ihr sehnlicher Wunsch sei, auf der Erde zu bleiben, so würde er ihnen diesen erfüllen. Doch wären sie weder in der Hölle noch im Paradies. Sie müssten als Geister auf der Erde umherschweifen. Aber an einem einzigen Tag im Jahr, und dies bis in alle Ewigkeit, dürften sie wieder die Gestalt von Schornsteinfegern annehmen und all denjenigen, denen sie ein Lächeln schenkten, Glück und Segen bringen.

Der Teufel hatte eine diabolische Freude an seiner überaus genialen Idee, denn so konnte er sein Versprechen einhalten, ohne wirklich gegen die himmlischen Gesetze zu verstoßen – oder zumindest fast. Denn ist es wirklich erlaubt, wieder auf die Erde zurückzukehren? Doch sei's drum...

Immer wieder erzählen einige, dass sie am Neujahrstag die drei kleinen Schornsteinfeger in den Straßen von Koblenz gesehen hätten. Manche behaupten, sie seien ihnen in Köln begegnet und wieder andere berichten, sie hätten sie über den Dächern von Berlin pfeifen und tanzen sehen. Jedenfalls waren all diejenigen, die das strahlende Lächeln der kleinen schwarzen Gesichter traf, kurz darauf mehr als freudig überrascht.

Und so gebt gut acht! Sollten auch euch eines Tages Schornsteinfeger begegnen, so erwidert ihr Lächeln. Denn danach wird es euch mehr als wohl ergehen.

~ 10 ~
Die Schnitzel des Teufels

Im Rheinland, nicht weit von der Stadt Bonn entfernt, liegt nahe am Ufer des Rheins ein charmantes, kleines Städtchen namens Bad Honnef.

Bad Honnef, wie der Name es schon verrät, ist eine Kurstadt, die im goldenen Zeitalter des XIX. Jahrhunderts in ganz Deutschland bekannt war.

Weniger bekannt ist, dass es dort zu dieser Zeit ein Gasthaus gab, welches von *Johann Reiner Tillmann* und seiner Frau geführt wurde. Dieses Gasthaus war der ganze Stolz der Gegend. Aus allen vier Ecken Deutschlands reiste man an, um die köstlichen Schnitzel von Frau *Tillmann* zu genießen. Ihr Ehemann, nicht wenig stolz hierauf, rühmte sich gern damit, dass seine Frau die besten Schnitzel der Welt zubereite. Natürlich weckte dieser Ruf die Neugier zahlreicher Feinschmecker, die sich selbst von der Qualität von Frau *Tillmanns* berühmten Schnitzeln überzeugen wollten. Im Laufe der Zeit stieg der Bekanntheitsgrad immer mehr und man war sich einig, dass die Schnitzel von Frau *Tillmann* eine Delikatesse waren, die irgendwo zwischen Paradies und Verdammnis anzusiedeln waren.

Eines Tages, als der Teufel sich langweilte – denn selbst der Teufel langweilt sich manchmal – entschied er sich, auf die Erde zu kommen, um sich dort ein wenig zu zerstreuen. Auch er hatte von Frau *Tillmanns* berühmten Schnitzeln reden hören – und dies hatte seine Neugier geweckt. Und so begab er sich in Gestalt eines vornehmen, ein wenig geheimnisvollen Mannes in die Unterkunft der *Tillmanns*, wo er für drei Tage ein Gästezimmer nahm.

Am ersten Abend erschien er im Restaurant und verlangte von Herrn *Tillmann*, ihm den besten Tisch im Gastraum zu überlassen. Für ihn, der von so weit her kam, konnten die besten Schnitzel der Welt nur an einem perfekten Platz genossen werden. Herr *Tillmann* wurde hierdurch stark in Verlegenheit gebracht. Er hatte sich niemals die Frage gestellt, wo sich in seinem Gasthaus der beste Tisch befände. Sehr verlegen gestand er seinem Gast ein, ihn nicht zufriedenstellen zu können, aber dass er trotz allem sein Bestes geben werde, um einen solchen Platz zu finden, wenn er ihm nur einige nähere Erklärungen hierzu geben könne. Daraufhin verlangte der Teufel, ihm den schlechtesten Tisch zu zeigen, den er habe. Erneut war Herr *Tillmann* verlegen, denn selbst wenn es einen solchen Platz in seinem Gasthaus gäbe, würde er niemals einen Gast dorthin setzen. Der Teufel reagierte gereizt und forderte, dass man ihm einen Tisch in der dunkelsten Ecke des Gastraums zuweise, in der Nähe der Toiletten. Der arme *Tillmann* verstand nichts, aber da er hierzu aufgefordert war, setzte er seinen Gast so nah wie möglich an die Toiletten in eine dunkle Ecke. Die anderen Gäste spotteten hierüber, doch der Teufel zuckte nicht mit der Wimper. Er bat Herrn *Tillmann*, bei seiner Frau die besten Schnitzel zu bestellen, die sie in der Lage sei, zuzubereiten, jedoch ohne jegliche Beilage. Erneut war der arme *Tillmann* in Verlegenheit. Schnitzel ohne Beilage seien ein wenig trocken und nicht so, wie sie sein sollten. Doch der Teufel bestand darauf, und so wurden ihm zwei Schnitzel serviert, die ziemlich alleine inmitten eines recht leeren Tellers lagen. Der gepeinigte Herr *Tillmann* bat seinen Gast, wenigstens ein Bier oder seinen besten Wein als Begleitung zu seinem Essen anzunehmen. Der Teufel lehnte dies höflich ab, er wolle nur in Ruhe seine Schnitzel genießen. Als er seine Mahlzeit beendet hatte, wischte sich der Teufel genüsslich den Mund ab und kehrte wortlos in sein Zimmer zurück.

Die Geschichte verbreitete sich in der ganzen Stadt und natürlich ebenso das Gespött, dass die Schnitzel von Frau *Tillmann* so grässlich seien, dass man sie nur im Dunkeln essen könne aus Angst, sich sonst zu ekeln, und dass die einzig würdige Beilage der Geruch der Toiletten sei. Frau *Tillmann* weinte die ganze Nacht, als sie dies hörte, und ihr Ehemann hatte größte Mühe, sie zu trösten. Vier Kumpane, dem Essen und noch weniger dem Bier abgeneigt, hörten von dieser Geschichte. Um sich einen Spaß zu erlauben, setzten sie es sich in den Kopf, bei den *Tillmanns* zu speisen, und zwar, indem sie den seltsamen Gast imitierten.

Am zweiten Abend erschien der Teufel erneut im Speiseraum, um dort zu essen. Herr *Tillmann* beeilte sich, ihm einen besseren Tisch zuzuweisen und er bot ihm Schnitzel an, die seines Gastes würdig seien, diesmal auf Kosten des Hauses, egal wie teuer sie sein würden. Dies jedoch lehnte der Teufel ab mit dem Argument, dass er dieses Mal keine Schnitzel essen werde. Herr *Tillmann* war erleichtert. Doch seine Erleichterung war nicht von langer Dauer. Denn der Teufel verlangte, dass seine Frau die beste Beilage zubereiten solle, zu der sie in der Lage sei – und dies sei das Einzige, was er zu sich nehmen wolle.

Herr *Tillmann* wurde bleich vor Schreck. Weder er noch seine Frau könnten es mit ihrer Ehre vereinbaren, nur eine Beilage zu servieren. Und wenn es eine Frage des Geldes sei, werde er ihm für die drei Tage, die er bleiben würde, die Mahlzeiten kostenlos anbieten, wenn er nur richtig speisen möge. Der Teufel bedankte sich sehr höflich, lehnte das Angebot jedoch ab. Vielmehr legte er auf den Tisch fünf Goldstücke, die den Preis für Kost und Logis im Wert weit übertrafen. Dann verlangte der Teufel, ihm wieder denselben Platz wie am Vorabend zuzuweisen.

Die vier Gesellen, wenig sympathisch, aber dafür umso lärmender, forderten den armen Herrn *Tillmann* auf, dass man auch sie an einem Tisch möglichst nah bei den Toiletten platziere. Danach bestellten sie Schnitzel ohne jegliche Beilage und dazu viel Bier, unter dem Vorwand, dass der Alkohol sie den grauenhaften Geschmack der Schnitzel vergessen ließe.

Zurück in der Küche, berichtete Herr *Tillmann* seiner Frau von der Bestellung der Gäste. Die arme Frau brach in Tränen aus und schwor, sie sei nicht in der Lage, solche Gerichte zuzubereiten. Herr *Tillmann*, der die herausragenden Kochkünste seiner Frau kannte, tröstete sie und erklärte, wenn es eine einzige Person auf der Erde gebe, die eine derartige Beilage zubereiten könne, so sei sie es.

Er trocknete ihre Tränen und trug ihr auf, eine Champignonsauce zuzubereiten, denn während dieser Jahreszeit hatten diese Pilze ein fast magisches Aroma.

Frau *Tillmann* legte ihr ganzes Herz in die Zubereitung und kreierte die beste Beilage, die sie jemals gemacht hatte.

Die Kumpane wurden als erste bedient. Zuerst machten sie viel Lärm, um Aufmerksamkeit zu erregen, dann lästerten sie über die Schnitzel und gaben vor, sie nicht probieren zu können, so sehr stoße sie ihr Aussehen ab. Sie machten sich lautstark hierüber lustig – und dies war dem armen Herrn *Tillmann* und zahlreichen seiner Gäste sehr unangenehm. Er bat die vier Gestalten, weniger Lärm zu machen, da dies die anderen Gäste störe. Aber anstatt sich zu beruhigen, verdoppelten die Flegel ihre Lautstärke noch und setzten ihre zweifelhaften und abstoßenden Scherze fort. Zu guter Letzt endeten die Schnitzel der vier Kumpane in der Gosse, ohne dass einer von ihnen auch nur davon gekostet hätte.

Herr *Tillmann* beeilte sich, gegenüber dem Teufel das Verhalten der vier Rüpel zu entschuldigen, doch dieser schien sich nicht gestört zu fühlen. Dennoch schlug der Wirt ihm vor, den Tisch zu wechseln, damit er mit größerer Ruhe sein Abendessen genießen könne. Erneut weigerte sich der Teufel und verlangte, man möge ihm das bestellte Essen bringen; er habe jetzt genug gewartet.

Man brachte ihm nun also die Champignonsauce von Frau *Tillmann*. Der Teufel, zunächst erstaunt, in dieser Beilage Champignons zu entdecken, schickte sich dennoch an, umgeben von Gespött und unangenehmen Gerüchen, die Sauce zu genießen. Am Ende ließ er nicht die kleinste Spur auf seinem Teller zurück. Und wie in der vorhergehenden Nacht, erhob er sich wortlos und ging schweigend in sein Zimmer hinauf. Die vier Kumpane überschlugen sich mit ihrem Spott und ihr Vorrat an vulgären Witzen über Frau *Tillmanns* Kochkünste schien unerschöpflich.

In dieser Nacht weinte Frau *Tillmann* bitterlich und ihr Ehemann verzweifelte, weil er nicht mehr wusste, wie er sie noch trösten könne.

Am dritten Abend erschien der Teufel in bester Laune. Die gute Miene seines Gastes erfreute den Wirt und überschwänglich empfing er ihn. Diesmal wies der Teufel ihn an, dass er seine Schnitzel nur dann esse, wenn seine Frau sie mit exakt der gleichen Sauce zubereite wie am Vortag. Herr *Tillmann* war so glücklich, dass er seinem Gast vorschlug, ihm seinen besten Wein zu servieren, und zwar den, der für ganz besondere Anlässe reserviert sei. Der Teufel dankte ihm und erklärte sich höflich hiermit einverstanden. Allerdings stellte er eine neue Bedingung. Er wünsche, im Freien zu essen, da an diesem Abend ein lauer Westwind wehte. Dieser Wind jedoch führte die unangenehmen Gerüche des Flusses und die Ausdünstungen der Straßen mit sich, eine Mischung aus Abwässern und Pferdeäpfeln – wahrhaftig nicht die besten Umstände, um solche Schnitzel zu genießen.

Herr *Tillmann* fügte sich konsterniert und setzte seinen Gast nach draußen. Natürlich verlangten die vier Rüpel, die um nichts in der Welt dieses Spektakel verpassen wollten, dasselbe und schickten sich wie am Vortag an, sich über das Essen lustig zu machen und es zu verunglimpfen.

Frau *Tillmann* begab sich erneut in die Küche und bereitete die Schnitzel nebst der Champignonsauce zu. Herr *Tillmann* beeilte sich, seinen besten Wein zu suchen. Und so geschah es, dass Frau *Tillmann* selbst ihren Gästen die Gerichte servierte. Sie wollte mit eigenen Augen den Mann sehen, der sie so zum Weinen gebracht hatte.

Der Teufel zerteilte seine Schnitzel langsam in kleine Stücke und jeder Bissen, den er zum Munde führte, schien ihm eine solche Verzückung zu bereiten, dass er dies nur schwer verbergen konnte. Die Kumpane nebenan prusteten, kicherten, spotteten und lachten aus vollem Halse, warfen Schnitzelstücke herum, verschütteten die Sauce und leerten ein Glas nach dem anderen. Ihre groben Späße nahmen überhand. Sie verglichen die Sauce mit Jauche und die Schnitzel mit Pferdeäpfeln, und dass kein Ort besser geeignet sei als die Abwasserkanäle oder die Gosse, um dieses allseits so gepriesene Gericht zu sich zu nehmen.

Der Teufel beendete seine Mahlzeit, trank das Glas Wein, das ihm der Wirt gereicht hatte – und schien sehr zufrieden. Die vier Gesellen fingen damit an, wie schlecht erzogene Kinder die *Tillmanns* mit Schnitzelstücken zu bewerfen. Da erhob sich der Teufel und warf ihnen einen derart furchterregenden Blick zu, dass sie an Ort und Stelle zu Stein wurden. Die *Tillmanns* wagten es nicht, sich zu bewegen, so entsetzt waren sie, dass ihnen dasselbe widerfahren könnte. Da lächelte der Teufel die beiden an – denn auch der Teufel kann lächeln. Er erklärte, dass nichts und niemand das Recht habe, zu kritisieren, was er noch nicht einmal probiert hat und dass das beste Gericht der Welt selbst an den schlimmsten Orten nichts an Wert verliere. Das Paar zitterte immer noch, doch der Teufel versicherte Frau *Tillmann*, dass sie sich für ihre Küche nicht zu schämen brauche und dass der Ruf ihrer Schnitzel ganz und gar der Wahrheit entspreche.

Seit dieser Zeit kann man an der Fassade des Gasthauses die Köpfe der vier Flegel erkennen, dazu verdammt, den Gästen beim Schlemmen zuzusehen, ohne selbst jemals wieder Schnitzel oder was immer es auch sonst sein möge, genießen zu können.

Wenn euch eines Tages euer Weg nach Bad Honnef führt und ihr euch selbst überzeugen wollt, so werdet ihr das Restaurant und seine vier in alle Ewigkeit zu Stein gewordenen Kumpane finden, und zwar am Marktplatz 1. Auch wenn seither viel Zeit vergangen ist, seid auf der Hut, denn es könnte sein, dass der Teufel von Zeit zu Zeit dort verweilt und sich an den Schnitzeln labt, gekrönt von einer äußerst schmackhaften Champignonsauce.

Inhalt

Der Traumzerstörer 5

Jugendjahre 19

Der Brunnen der Wahrheit 31

Der Geschichtenhändler 43

Jupps Cuvée 55

Der Seeleneinhaucher 67

Das Chronometer 79

Die Glocke aus Erz 97

Die drei kleinen Schornsteinfeger 117

Die Schnitzel des Teufels 129

Vom selben Autor,
in französischer Sprache

Série Neuf Mondes

Band 1 — Le secret de la dernière rune
Band 2 — La confrérie de l'ombre
Band 3 — Les épées maudites (*erscheint demnächst*)

* * *

Petits contes diaboliques

* * *

serie9mondes.wixsite.com/site